黄金风景

[日] 太宰治 著

程亮 朱航 译

中国出版集团　现代出版社

目录

雌性谈

相传斐济之人，虽其至爱之妻，稍觉生厌便杀而食其肉。又有塔斯马尼亚人，当其妻死，辄连其子女亦令同葬而处之泰然。或如澳洲某土著，其妻方死，即运之山野，取其脂作钓饵。

　　在杂志《青草》上发表暮气沉沉的小说，既非徒劳无益的标新立异之举，亦不是我漠视读者的证据。盖因我以为，此种小说也能得青年读者喜爱。我知道，当世的青年读者居然都是老人，当可轻易接纳这样的小说。它，是给丧失希望者读的。

　　今年二月二十六日，在东京，青年军官们起事了。那天，我和客人隔着长火盆聊天，对此事毫不知情，一直在谈论女人的睡衣。

　　"实在是不太明白。具体说说看嘛，用写实主义的笔法。谈论女人时，好像就该用这种笔法才行。睡衣，应该还是长衬衣好吧？"

我们互相刺探着深藏于彼此心底的憧憬之人的影像，仿佛若真有这样的女人，就不至于去死似的。客人是想找那二十七八岁的弱女子做二房。对方租住在向岛一隅的普通民宅二楼，和五岁的私生女相依为命。初夏庆祝河上纳凉开始的焰火之夜，他会去那里玩儿，给她五岁的女儿画画。画一个滴溜圆的圈圈，再用鲜黄色的蜡笔，仔细地将它涂满，然后告诉女孩："这个是满月。"女人，穿着隐隐呈浅蓝色的毛巾料睡衣，系着紫藤花纹样的伊达窄腰带。客人说完，便盘问起我的女人来。既然被他问到，我也娓娓道来。

"绉绸的可不行，非但容易脏，而且不得体。毕竟我们是不怎么积极奋进的那类人嘛。"

"西式睡衣如何？"

"更不行。穿与不穿，都一样嘛。若是只穿上衣，岂不成了漫画？"

"照此说来，还得是毛巾料的？"

"不，是刚洗过的男式浴衣。有粗的竖条纹，腰带是同种布料的细带，像柔道服一样结打在前面。就是旅馆的浴衣啦，那样的才好。或许，稍稍给人以少年感的那种女人，比较好吧。"

"我明白了。你呀，一面嚷着累了累了，一面却浮华得要命。正所谓最华丽的祭礼是葬礼，就这个意义而言，你呀，眼光还真是相当好色呢。头发呢？"

"日本发型我不喜欢。太油腻，受不了，形状也很怪异。"

"你看那个，简单的西式发型之类的，还不赖吧？是女演员吧。以前的帝剧①专属女演员挺不错的哟。"

"不对。女演员啊，舍不得小气的名字，我不喜欢。"

"别挖苦人家。我是和你谈正经的。"

"对呀，我也没当是游戏。爱，是要豁出性命的哟。我不觉得可以掉以轻心。"

"我实在不明白。运用写实主义吧，来趟旅行看看吧。试着调动女人去做各种各样的事，也许就能弄明白呢。"

"可她是个不大会动的女人，就像睡着了一样。"

"你呀，不能觉得难为情。事到如今，除了谈严肃事别无他法。首先，试着让那女人穿上你喜欢的那种旅馆的浴衣，岂不美哉？"

"那么，干脆就从东京站开始吧？"

"好，好。首先，约好在东京站碰头。"

"前一天晚上，只对她说'我们去旅行吧'，她便点头说'好'。我说'下午两点钟在东京站等你'，她又点头说'好'。

---

① 帝国剧场（日本最早的纯西式剧场）的略称。——译者注

005

就是这么简单的约定。"

"等一下，等一下。她是什么人？是女作家吗？"

"不，女作家不行。在女作家那里，我的风评实在很差。是有些疲于生活的女画家，有的女画家不是似乎很有钱吗？"

"那还不是一样。"

"倒也是。这么说，还是得选艺伎呀。总之，只要是见了男人不吃惊的女人就好。"

"旅行之前就有交情吗？"

"似有似无。纵有交情，记忆也像梦一样，模糊不清。一年里，见面不会多过三次。"

"旅行要去哪里呢？"

"从东京出发，两三个钟头能到的地方吧。山里的温泉就不错。"

"先别太高兴了，女人连东京站都还没来呢。"

"尽管觉得前一天的约定当不得真，她怎么可能会来，但还是要怀着毫无把握的期盼心情，去东京站看看。没来。我想，那就一个人去旅行吧，尽管如此，也要等到最后五分钟看看。"

"行李呢？"

"一个小皮箱。在只差五分钟就到两点的紧要关头，突然，我回头一看。"

"她笑着站在那里。"

"不，没笑，表情严肃。她小声道歉说'我迟到了'。"

"她默默地想接过你的皮箱。"

"我明白地拒绝她，'不，不用'。"

"是蓝票①吗？"

"一等或三等。算了，就三等吧。"

"上火车。"

"邀她去餐车。无论是桌上的白布、花草，还是窗外流逝的风景，都不会令人感到不快。我心不在焉地喝啤酒。"

"劝她也来一杯。"

"不，不劝啤酒，劝她喝苏打水。"

"是夏天？"

"秋天。"

"你就那么一直心不在焉？"

"说了声谢谢，连我自己听来都觉得相当诚恳。然后，独自陶醉。"

"抵达旅馆，已是傍晚。"

"从洗澡那里开始，渐渐到了重头戏。"

"当然不会一起洗吧？怎么办？"

"一起洗，是无论如何都不行的。我先洗，泡个澡，回房

---

① 在过去的日本国有铁道三等制时代，蓝票是二等车的车票。——译者注

间。她正在换棉袍。"

"接下来的，让我讲吧。若有错谬，你就直说，我觉得大体上还是猜得到的。你坐在屋外走廊的藤椅上，抽烟。烟是豁出钱去买的，骆驼牌。满山红叶沐浴着夕照。过了一会儿，女人洗完澡出来，把手巾这么摊开晾在走廊的栏杆上，然后静立在你身后，温顺地望向你所望的，借此体察着你所以为美好的那种心境。长达五分钟之久呢。"

"不，一分钟就够了，五分钟都闷死了。"

"晚饭送来了。有酒，喝吗？"

"等一下。女人只在东京站说过一句'我迟到了'，从那以后还没开过口呢。应该在这里，让她再说一两句话。"

"不，这里要是说错话，就搞砸了。"

"哦。那就默默地走进房间，两人并排坐在饭桌前。好奇怪呀。"

"一点也不奇怪。你跟女佣说些什么，不就好了？"

"不，不是那样的，女人会打发女佣回去。她会小声但清楚地说'我来就好'。突然这么说。"

"原来如此。就是这样的女人啊。"

"然后，她跟男孩子似的笨手笨脚地为我斟酒，很专注。左手还握着酒瓶呢，就把旁边的晚报摊开在榻榻米上，右手拄着榻榻米看晚报。"

"晚报上，刊登了加茂川洪水的报道。"

"不对。这里要用时世的色彩来点缀。动物园的火灾比较好，近百只猴子在笼子里被烧死了。"

"太凄惨了。还是看看明日运势那一栏更自然吧？"

"我放下酒说'吃饭吧'。我俩开始吃饭，有煎鸡蛋，寒酸得不行。我像恍然大悟似的，扔下筷子，冲向书桌，从皮箱里拿出稿纸，在上面沙沙地写了起来。"

"什么意思？"

"这是我的弱点。不如此装腔作势一番，就下不来台。就像业障一样，感觉很不舒服。"

"开始惊慌失措了。"

"没什么可写的。写伊吕波歌的四十七个假名，一遍又一遍，反反复复地写，边写边对女人说，'我想起有紧急的工作要做，打算趁着还没忘记把它写完，所以，这段时间里，你去街上逛逛吧。这里很安静，是个不错的镇子'。"

"越发搞砸了，没办法。女人答应了一声，换好衣服走出房间。"

"我顿时躺倒在地，几乎四脚朝天，探头探脑地四下张望。"

"看晚报的运势栏，上面写着：一白水星，忌旅行。"

"抽上三分钱一支的骆驼牌香烟。有一点奢侈的庆幸感。自己变得可爱了。"

"女佣悄悄地进来问铺几床被。"

"我一跃而起，快活地回答'两床'。突然很想喝酒，但忍着不喝。"

"差不多该让女人回来了。"

"还没到时候呢。确认女佣离开后，我立刻开始做奇怪的事。"

"不会是逃跑吧。"

"是数钱。十元纸币有三张，零钱有两三元。"

"不要紧。等女人回来时，又开始假装工作。女人嘀咕着'我是不是回来早了'，多少有点惴惴不安。"

"不回答。继续工作，同时用带点命令的口吻说'不用管我，去睡吧'。一个字一个字地，在稿纸上写下伊吕波歌的开头。"

"女人在身后打了声招呼，说'我先睡了'。"

"写下伊吕波歌的中段，写下伊吕波歌的末尾。然后，将稿纸撕碎。"

"越来越疯狂了。"

"没办法呀。"

"还不睡吗？"

"去澡堂。"

"因为有点冷了。"

"不只如此，是因为开始有些心烦意乱了。在热水里像傻瓜一样泡了约有一个钟头，从浴池里爬出来时，浑身热气腾腾，朦朦胧胧得像个幽灵。回到房间，女人已经睡了，枕边的方形纸罩台灯亮着。"

"女人已经睡着了？"

"没睡着。眼睛显然是睁着的，脸色苍白，紧闭着嘴，盯着天花板。我吃了安眠药，钻进被窝。"

"女人的？"

"不是。躺下后约莫过了五分钟，我悄然起身。不，是猛然起身。"

"眼泪汪汪。"

"不，是怒气冲冲。我站着，朝女人那边瞥去一眼。女人在被窝里身体僵硬。我见她那样子，便心满意足了。从皮箱里取出荷风①的书《冷笑》，又钻回被窝，背对着女人，专心读书。"

"读荷风，会不会太做作？"

"那就换成《圣经》。"

"心情可以理解。"

"索性用通俗读物如何？"

"喂，那本书很重要哦，仔细想想吧。灵异故事之类的书也不错。有没有更好的？《思想录》太艰涩，春夫②的诗集年代

---

① 永井荷风（1879—1959），日本小说家、散文家。——译者注
② 佐藤春夫（1892—1964），日本诗人、小说家、评论家。——译者注

过近，有影射之嫌。"

"……有啊。我唯一的一本创作集。"

"太冷僻了。"

"从序文读起。来来回回来来回回读得出神。满心只有一个念头：救救我。"

"女人有丈夫吗？"

"背后传来水流般的声音，让人毛骨悚然。尽管声音微弱，我却觉得脊柱如烧如焚。是女人隐蔽地翻了个身。"

"然后呢？"

"我说，'我们寻死吧'。女人也……"

"够了。这不是幻想。"

客人的推测，是正确的。翌日午后，我就和她殉情了。不是艺伎，也不是画家，是给我家做佣工的出身贫寒的女人。

女人刚翻了个身就被杀了。我没死成。七年过去了，我仍活着。

.

HUMAN LOST

心之所系，

唯窗前花。

十三日

无。

十四日

无。

十五日

这般浓烈。

十六日

无。

十七日

无。

十八日

临别相赠言，

纸扇一撕分两半，

人离情依依。

犹似蛤蜊壳肉离。[①]

十九日

十月十三日起，我入住板桥区某医院。来的头三天，咬牙切齿哭个不停。这是铜币的复仇。此处，是疯人院。邻室的大少爷，一拉开隔扇就说什么"总穿浴衣成何体统"，大家都比我身子骨结实，拥有大河内升、星武太郎等出离隆重的名字，毕业于帝大、立大，兼具帝王般的威严风貌。只可惜，诸位无不畏畏缩缩，连身高都各自矮了五寸许。一帮殴打母亲的人。

第四天，我开始游说。铁栅栏、铁丝网，还有沉重的大门，每当开闭时，便哐啷哐啷地响起锁声。通宵值班的看守转来转去。我置自己的身体于不顾，同这间人类仓库里的二十余名患者全攀谈过了。一个肤白体胖的圆墩墩的美男子，我猛力摇晃

---

① 两首俳句均出自松尾芭蕉的纪行书《奥州小道》。后者为摘引，全句为："此别往二见，犹似蛤蜊壳肉离，痛哉好个秋。"——译者注

他的肩膀，骂他"懒汉"。一个应试狂，只要醒着就会拿起枕畔的商法教科书，像朗读《百人一首》①似的，以抑扬顿挫的语调嚷个不停。

我一告诉他："别学了，考试即将统统废除。"他愁眉顿展。

一个绰号为"背影阿仙"②的穿哔叽毛衣的二十五岁青年，日复一日地待在房间一隅，身子歪斜，无精打采地面壁瘫坐，即便冷不防被我敲打一下脑袋，也只是不住地低声嘟囔："我才二十五岁，舍弃吧，舍弃吧。"

他瞧也不瞧我一眼，我得寸进尺，呵斥他："别哭哭啼啼的！"

我使劲从背后抱住他，噎呛得剧烈咳嗽，青年便有些得意，轻蔑地说："放开我，放开我，肺病会传染的。"

我顿时心生感激。打起精神来，大家都想要青草地。

我回到房间，写下"还我春花"这一句近乎帝王呢喃腔调的招摇诗，给前来巡诊的一位年轻医生看了，并同他亲密地交谈。我以午睡为题，写出"人自当活出个人样"这样的诗给他看，我俩都笑红了脸。

五六百万人，交头接耳五六百万次，持续了六七十年的话语——"由心态决定"，相信这种安慰吧。我打算，从今天起，不让别人看见我流一滴泪。在这里要上七晚，人会有点变化。

---

① 日本流传最广的和歌集。——译者注
② 阿仙或指元禄时代创造福笄的女性，加纳阿仙。——译者注

坐牢而已，相当悠闲。不管是越中富山的万金丹、熊胆、三光丸还是五光丸，都用后槽牙一口咬碎，虽然苦涩，但是男人啊，微笑着歌唱吧。我的小香豌豆。

哎呀，

我竟是，

糟糕的

女人？

　　说是吹牛皮，

　　我当然知道。

虽然较之彩虹，

以及海市蜃楼，

还要美丽。

糟糕？

长达一个礼拜，我没见过任何人。会面遭到禁止，我像是被遗弃了似的，整日昏睡，但这得怪发烧，而不是因为挨了欺负。大家都喜欢我。

I 先生，你曾双手合十求我："这是我今生唯一的请求，快进来吧。"所以谢谢你。

我怎会变得如此深情了呢？无论是 K 先生、Y 先生、H 先生，还是徘徊的 D、笨蛋 Y、迟钝的善四郎、Y 子女士，我想见你们，想得不行，以至于赖在地上不停打滚。老师夫妇、K 先生夫妇、F 先生夫妇，不如拉上你们去趟浅虫吧，我当向导，观赏途中的群山风景。我一无所求。

老子若不在，苍生何所依。没错。三十八度高烧，拜托你，助我蒙混过关吧。普希金死于三十六岁，但留下了奥涅金①；拿破仑咬牙切齿，说："我的字典里没有'不可能'这三个字。"

但工作，还是该在神圣的书桌上进行。而且得坚决要求，须用花挡着。

挺住。要努力表现权威。我现在爱你爱到双目失明。

《日落之歌》

蝉，在行将死去的午后意识到了。啊，我们能更幸福，真是太好了。再多玩玩，不要紧。至少，原谅我吧，纵然只是花中眠。

啊，还我春花！（我曾经爱你爱到双目失明。）牛奶、草原、云……（纵然天色全黑也不叹息。我，失去了。）

然后，只是殴打。

---

① 普希金的长篇诗体小说《叶普盖尼·奥涅金》的主人公。——译者注

《花一朵》

抹除署名

是大家的合作

你的东西

我的东西

大家都

牵肠挂肚

    终于绽放的花一朵

独占

    太过分

哪个哪个

借给老夫看看

果然

老爷爷

在独占的桌上

是有力的

走在前头的人

一定是

白胡子的

羊倌老爷爷

大家的东西

抹除署名吧

诸位

诸位

辛苦了

　　犬马之劳

费尽力气

　　终于绽放的花一朵

哎呀

忘了道谢

齐声说

谢谢，嘿，谢谢！

　　（听到了吗？）

二十日

这五六年，你们数以千计，而我，则是孤身一人。

二十一日

罚。

二十二日

忘不掉你叫我去死时的眼神。

二十三日

《骂妻文》

我是怎样体贴你的，你知道吗？是怎样体贴的？是怎样机智地庇护的？想要钱的，是谁？我这个人，只要给咸鲑鱼子白花花地撒上雪一样的味精，给纳豆添加海青菜和芥末，就没什么不满足的了。恶意骂人的，是谁？教我终于确信无论如何严厉地抨击闺中审判都不为过的功臣，是谁？无知的洗衣女呀。妻子，并非职业，不是事务。只来倚靠吧，依赖吧，是我的胳膊太细当不得枕头吗？一只小猫竟也不肯委命成眠。所谓真爱，是譬如《朝颜日记》里的深雪，哭瞎了眼，在雨中反复扑跌、摔倒，却仍不放弃追寻恋人的狂乱姿态。我是你一人的夫君，请怀着自信去爱。

一丰之妻①什么的，讨厌死了。就算你肯默默地拿出一百元私房钱，我也只会生厌。什么都不要。给我坦率地回应吧，哪怕只有一声"是"也好。请用轻快的语气，悄声道个歉，说句"对不起"。你，是无知的，不懂历史，不了解那漂浮着艺术

---

① 日本战国武将山内一丰的妻子，素有"贤内助"之名。——译者注

022

之花的小河流水的起伏，是在陋屋半坪大的厨房里惯食圆筒鱼糕当晚餐的盲鼠。你，连爱一个良人也做不到。你，曾连一纸情书都写不出。该知耻呀。女儿身的只做不言的爱，意味着什么？啊，我恨不得亲手剜下来这双将你的破绽看得一清二楚的眼睛，那每一夜的痛苦你知道吗？

人，各自被赋予了天职。你曾说我是骗子，敢说得更清楚些吗？你才是在欺骗我。我到底撒过什么谎？而且更重要的是，具体结果又如何呢？还望你能破天荒地告知于我。

骗人，欺骗一个将生命和真心完全托付给你的人，把他扔进精神病院，而且十天里，音信全无，连一朵花、一个梨也不肯投入。你，究竟是谁的媳妇？武士之妻。得了吧！只对 T 家汇寄的铜钱好生在意，忽左忽右，实则毫无权威。不信吗？对妻子的特权。

含羞，谁都会。然而，真实之举存在于对一切闭眼不顾、一心一意的投入当中。倘做不到，便是"薄情"。接受吧，那才是你的王冠。

人，各有天职。在十坪大的庭院里种西红柿，吃圆筒鱼糕，专心洗衣，这也是天职。纵然撕烂我的肚肠，纵然我的衣袖正燃起熊熊烈焰，我也要与暴风雨相抗，王者，须昂首前进，生来肩负命运。穿着大礼服的竹制衣架，已成枯木，一戳之下，连声"啊"也叫不出，直接咔嚓倒地，消逝。死之花。原谅我吧，我必须前进。母亲胸膛干瘪，从未拥我入怀。向上，向上逃去，才是我的宿命。断绝父子关系，这份苦，你不懂。

抛弃我吧。永久地远离！"有网球场，可以和护士一起玩，慢慢静养。"恶婆低声细语。对你的那份体贴之心，我曾感激不尽。看哪，第二天，一到运动场，满眼尽是苍鬼、黑熊，宛如地狱，这里不就是那个最底层的精神病院吗？而我，也是一名囚徒。"一人！"——我在一名手持钥匙串、散发头油恶臭的看守的押送下，来到了昨夜憧憬一见的网球场。

铜币的复仇。……的暗中活动。被那些不过是繁文缛节而已的责任、规约所攻击的圆鼻基督。

"请看体温表。二十天以后，一针也不用打了。请让我也负一半责任。不打针也可以吧？"

"不行，保证人严格委托我们，必须治到痊愈为止。"若只是放养，金鱼也保不住月余性命。假装拥有就好——尊严、自由、青草地！

另外，关于也不值得在此记录名字……的那间卧室里的趾高气扬的自吹自擂，我，一笑离去，余者，比我年轻，骨骼健壮，世界历史开启，将这始终崇高、圣洁、正直地熊熊燃烧的光荣的炬火，交与这位手中。要当心的是，我告诉你，罗伯斯庇尔只有眼睛。

二十四日

无。

二十五日

《若只是放养，金鱼也保不住月余性命》（其一）

想让比我年轻的人拥有自信，潦草疾书。虽是支离破碎之语，我可没疯。

社会制裁的混乱不堪源于医师的泛滥，以及小市民对医德的盲信。这确是要因之一。我为五年前那个读了魏尔伦先生在慈善医院的绝命诗《咒骂医生之歌》而不禁放声大笑的自己感到惭愧。从严肃的意义上，要探查医师的眼瞳深处！

私营精神病院的骗术：

一、这栋病房，约十五名患者当中，有三分之二，是普通的正人君子。窃取了他人财物的人，或是起意窃取的人，一个也没有。过于相信别人，就被扔了进来。

二、医师是绝不会告知出院日期的。从不明言。深不见底，闪烁其词。

三、有新患者入院，必先安置在二楼的一个视野开阔的房间，灯泡也换上亮的，好让陪同而来的家人稍稍安心，第二日，院长便以二楼尚未获得许可为由，将新患者丢进楼下的病房，那房间和其余患者的一样暗郁。

四、留声机安抚。头一天，我发自肺腑地感激涕零了。每当有新来的患者，留声机便披挂上阵，高田浩吉①，如初。

五、事务所绝不会主动打电话叫保证人过来。只要对方不曾严厉地催促，就永远保持沉默。大抵，放养两三年。大家都只想着出去。

六、与外部的通信，全部没收。

七、绝对谢绝探视，或规定时间需看守在场。

八、除此之外，还有许多。一想起来，就继续写。正因为不忘，才不会想起，是吗？（这天，出院的约定，还有断肠之事，汽车声，多达三四十，最后，连飞机的轰鸣声、牛车和自行车的摩擦声都令我心碎。）

"放我出去！"

"吵死了！"

有沉重的闷响，秋日过于脆弱得似将西落。

---

① 高田浩吉（1911—1998），日本演员、歌手。——译者注

二十六日

《若只是放养，金鱼也保不住月余性命》（其二）

昨天，约定的迎接没来。谢谢。今早，缓缓拿起铅笔，写下"我爱你"。然而，四十岁的小市民，不晓得如何来爱我们。是爱不成的。喂金鱼是"麸"①。可以断言，不爱。

失去丈夫的某妻子呢喃："夜里的痛苦，还能设法挨过，可是黎明……"

所谓"最苦莫过晓"②，指的可不是失眠之怨。黑暗之际，睡意全无，必有断肠之事无误。据说，大西乡③一睁开眼，就会踢开被子一跃而起。据说，菊池宽在凌晨三四点钟，也会一跃而起，然后必定吃一顿提前很久的早餐。所有的一切，理解为比常人倍加知晓沉溺于这种忧伤之毒害的怯弱善良者的自卫手段，应无大错。对于菊池先生的金字招牌——"吾，于事无悔"这一盾牌的脆弱，倘若你也忽有察觉，决意为地上的王者无言地奉上一杯牛奶，则无疑又会使你的身体前进一步。

---

① 日语发音同"不"。——译者注
② 此半句诗出自《小仓百人一首》。——译者注
③ 指西乡隆盛（1828—1877），日本武士、军人、政治家，明治维新三杰之一。——译者注

由于是以营利为目的的医院，故而会用尽一切手段阻止患者出院，无论院主（出资者）、院长、医师、护士乃至看守，似乎都顽固地坚信，这是其各自的天职。恶之种种，即令蔽目塞耳，亦自墙缝、铁窗等四面八方悄然潜入，有如春风，反倒舒服。院主的训词，比起那个说教强盗来，只是声音温柔一点，更和颜悦色一些。内容自不必说，是深不可测的骗术泥沼，且是能直接夺人性命的。在医院里，尸体啥的，比养的狗死了还要寂然漠然，悄无声息。一名看守所说的抹墙的泥瓦匠将靠墙梯子上掉下来的左臂的肉煮来吃了的故事，应是可信的。再度想起那翩翩然的金鱼。

想起"人权"一词。这里的所有患者，为人的资格都被剥除了。

我们要想活下去，只有两条路。一是逃跑，只穿袜子，在雨中被追撵，受赐一汤一菜、斗室之居，便誓效犬马之劳，没入人世尘埃的底层，或是作为金鱼结束异常短暂的生命，躺下不起来，极度迫切地吃油多的"麸"，鳞片增辉，被挂在比纸还薄的人的嘴边，啧啧赞叹，几分钟后，即被毫不在乎地遗忘、嘲笑，依旧一身冷血地往生。二是自己吊死，终结无谓的生命，令人心的一端冷上四五天，亦可。一切，都是为着成全他人的榜样。我，从不是为了享乐。

我，买春从不是为了享乐，是去寻找母亲的，是去追求乳房的。纵然带上一筐葡萄、书籍、绘画或其他土产，我大抵也免不了遭人轻蔑。我一夜的行为，你若怀疑，自去打听好了，我对住址和名字均未伪造。并不觉得可耻。

我，打针从不是为了享乐。身心俱疲，背后还响起自家鞭子声，方才鼓勇振奋，使用强精剂。愚妻呀，我究竟完成了何等辛苦的工作，你是不知道。没做坏事却装作做了坏事，会遭报应。

当着对方的面不能说的事，背地里也别说。我遵守这戒律，被扔进了精神病院。无休止地向我坦白而我又没求他们坦白的十几个男女，过三个月，定会恶意诋毁我，且在背地里骂我。此前奉承话滔滔不绝，一旦立于厕所看不见背影了，便"喊"地发出恶魔的嘲笑。我，将这鬼，打杀了。

我的字典里没有"轻视"一词。

作品背后的、我所坚守的戒律，你了解吗？不，那般激烈的、高昂的，你不懂！

我，宁愿彻底变成我作品中的人物，那样反而更好。怠惰的渔色家。

　　我避开了只有"面门看招！"这一呼喝声势盛大的、以里见、岛崎等姓名为代表的老作家们的剑术教习般的僵硬。为了习得基督的卑躬屈膝而进行了修炼。

　　根据《圣经》一卷，日本的文学史，以前所未有的鲜明，清楚地被分为两部分。读完《马太福音》：二十八章，耗时三年。马可、路加、约翰，啊，何日才会得到约翰福音的翅膀呢？

　　"即使痛苦，也请稍加忍耐，不会让你吃亏。"四十岁的人的话。母亲呀，兄长啊。必须知晓，我们，我们的挣扎，才是来自真实不伪的"请稍加忍耐，不会让你吃亏"的殷切而无言的爱。一时之耻，还请忍耐。十度之耻，还请忍耐。请再保住三年性命，我们才会成为光之子，而且，一切皆源自对你的爱。

　　到那时，就该知晓了吧。知晓真爱的美妙，能开阔我们的心胸，将母亲、兄长紧拥入怀，让他们安眠其间。到那时，悄声对我们耳语吧："我们，不曾爱过。"

"算了。勿为他人担心，先把自己衣袖的破绽缝一缝吧。"既然如此，可不就欲起身有话要说。"有人走在我前头，纵然只领先分毫，自矜也会被粉碎，什么维持呀，什么设计呀，什么建设呀。"甚且，倘发笑了，就把那个马脸揍一顿！

你知道吗？所谓教授，是学习、研究到何种地步的人？剥下学者的长袍，想必转眼间就会化作小矮人，较之大本教主剃掉头发的形象，定会更甚。

勿过度尊崇学问。将考试统统废除吧。玩耍吧，躺着吧。我们不盼万贯富贵，只要没有告示牌的区区十坪青草地！

勿以性爱为耻！公园喷泉旁的长椅上不畏睽睽众目的清洁的拥抱，与老教授 R 先生的紧闭的闺中，究竟哪个更污浊？

"想要男人！"
"想要女友！"
你，应当感到羞耻，为立刻便只浮现出那般联想的膏粱生活！把眼珠转过来，仔细地看看吧，那一个与"性"相连的"爱"字。

追求吧，追求吧，殷切地追求吧，叫喊着追求吧。有句话叫"沉默是金"，还有句话叫"桃李不言"，然而，这些却使我们的时代越发坠入了贫困。（As you see.）倘不诉告，譬如忧患，便似全不存在。你，用流血的拳头，捶打吧，若捶五百次门内无回应，就捶一千次；若捶一千次门仍不开，就攀上门去，倘失足跌落而死，我们会怀着真诚不变的敬爱，把你的名字各向千人诉说万语千言。你的玉容，将伴随热泪，散播至世界的街头巷尾，各处角落。去死吧！我们，尽管现在微不足道，但对这个只让你一人赴死的世间的恶的痛恨，空暇时定会讲给子子孙孙听。你的肖像，定会摆在孩子们的桌上，约定再讲给他们的子子孙孙，代代相传。啊，像同你约定的那般，在覆盖世界、使之昏暗的严肃华丽的百年祭上，除坚定的自明之礼外再不能奉上其他。为此，和数十万被夺去春花的年青一代的男女一起，深感羞惭。

二十七日

《若只是放养，金鱼也保不住月余性命》（其三）

人，异口同声地说着"真实"。

问："何以成之为真？莲花开放之际，砰然作响乎？无声乎？大问题，此，为真实否？"

"否。"

"拿破仑也会感染风寒，乃木将军亦喜闺中之乐，埃及艳后难道不须便溺？此般事实，方为君等所谓真实。"

笑而不答。

再问："太宰也会哭求'请买下我的稿子'，契诃夫也不免四处奔走推销，直至门槛磨平，普鲁斯特给出版社寄去三拜九叩的信，此，方为你之所谓真实？"

尽管谨慎地冷笑着，仍微微点头同意。

"愚者呀。你用尽人的全部努力，要忘记自己的妻子，一面苦苦挣扎，一面又难舍那一度被迫举起的旗帜，沐雨栉风，只是一个劲儿向上，必须向上前进，在肉体半死的旗手耳边说：'想起你的妻子吧，你与鄙人换位亦可，但那匹马的腹带断了①。'在宇治川之战中，佐佐木争立头功一事，不妨留意。并非贪恋名声，而是忠实于命运，是确定的义务。对于从河底爬上来，双眼甚至看不清楚，就拼命抱住门不放，进而攀爬，至少即将开花的人的性命，嗤笑着说：'得了，得了，别演了。'拖住其后腿，无耻地将其扯落入阴沟的泥底，此，为真实否？"

他稍稍坐正，道："所谓真实，便是不要像你一样，将小如

---

① 宇治川之战中，佐佐木高纲和梶原景季为争头功同时纵马渡河，佐佐木诈称梶原马匹的腹带断了，遂趁梶原查看之际抢先登岸。——译者注

针的东西当作大棒，不，当作门柱般大呼小叫，针就是针，应如此正确地指示即可。"

"愚蠢啊，你肯定研究过那种认识法。还有，那种辩证法，该也是学过的。我虽无意做那演讲，但现在的年青一代，分明应该意识到，他们至今仍高喊着'真实、真实'，紧紧地抱住、抓住那张桌子——桌上蒙着千疮百孔的表现为青色的毛毡——不放，仿佛被牢牢粘住了的状态，是'不正当'的。那就掉头折返，先拾起唯物论辩证法入门，哪怕只是画画重点也好，重读十页。做到以后，再重谈吧。"

这样说着，当日一拍两散。

　　真实所依赖的最后一根绳索，是记录和统计，而且是科学的、临床的、解剖学的记录和统计。然而，现在，无论记录还是统计，均已沦为官僚性的一项技术，科学和医学，已堕落为妇女杂志般的常识，而小市民，或许知道某某开业医生的伟大，却不了解野口英世①的劳苦。更不必说解剖学的不确定性等，自是入耳犹如晴天霹雳般闻所未闻。天然而严肃的现实的认识，已于二·二六事件的前夜告终，现在是认识——可以说是再认识的表现的时期，是呐喊的早晨，是花开前的那一瞬间。

----

① 野口英世（1876—1928），日本细菌学家、生物学家，被誉为"国宝"。——译者注

真理与表现。这种相辅相成的关系，你确实应该学过。不要相克了。现在，正是扬弃的早晨。相信吧，花开时，确会朗朗作声。假如为此命名，我们称之为"浪漫派的胜利"。自豪吧！我的现实主义者，这才是你含辛茹苦三十年所生的孩子，是玉之子、光之子。

不要嘲笑这孩子的青色的瞳子，因为他还是个十分害羞的、肌肤柔嫩的婴儿。亦可效仿狮子，在第三天早晨，将其踢落悬崖。崖下别铺被子。声称断绝关系，扔出银烟袋，道："哈，哈。这孩子，相当老成啊。"

要体恤知识分子的自尊心！大可断言，生、死皆因自尊之故。看看工人，瞧瞧农家的晚饭什么样！逐渐恢复了朝气的，只有你们这些独自生活、花一万元去读大学的消瘦的知识分子！

累了就躺下！

若是悲伤，煮一碗乌冬面来比一比吧。
我骗过你一次，而你，骗过我千次。我，被称为"骗子"，而你，被唤作"老江湖"。

"竭尽全力地说许多过分的谎言，似乎就不再是骗子了？"

能认真地听十二三岁少女说话的男人，应该说是够格的。

至于其他，随心所欲地行事吧。

二十八日

《关于现代的英雄》

魏尔伦式的人物，与兰波式的人物。

香豌豆，想模仿苏铁。仰慕铁的工薪族。戴着一侧用线修过的铁框眼镜，将按扣松脱了三粒的皮包放在膝上，坐在电车里，多少有些驼背，用手抚摸着颚下的两天不到的胡须，茫然地望着雨中的街巷。被捶打，被煅烧，现在将铁的冷酷藏在心里，（断）①

二十九日

十字架上的基督，并未仰望天空。确实如此。似乎是在怨恨地俯视着遍地的人之子。

---

① 原文即如此。——编者注

手里的牌，哗啦一下扔掉，笑吧。

三十日
下雨的日子，天气不好。

三十一日
（墙上）拿破仑想要的，并非全世界，而仅仅是一朵蒲公英的信赖。

（墙上）若只是放养，金鱼也保不住月余性命。

（墙上）我的后来人，请最大限度地利用我的死。

＊　　　＊　　　＊

一日
勿忘实朝[1]。

伊豆之海起白浪。
盐花散落。
芒草摇曳。

---

[1] 源实朝，镰仓幕府第三代征夷大将军，为初代将军源赖朝次子。——译者注

橘子园。

二日

谁也不来。寄来音信吧。

疑神疑鬼。感到肉被剐，骨被剔。

明明只需一片莴苣叶作为简单的礼物。

三日

所谓只做不言，即是暴力，是缰绳，是鞭子。

成了良药。

四日

《梨花一枝》

读了《改造》十一月号所载的佐藤春夫的《芥川奖》，以为是一部散漫的作品，但也因此，又觉得无比出色。真正的爱情，其姿态是盲目的，是狂乱，是愤怒，而且，（断）

从卧室的窗户，凝视火中的罗马，尼禄沉默了，放弃了一切表情，面对美伎的巧笑，一言不发，手捧绿酒，怔怔出神，想到那阿尔卑斯山顶，战旗燃烧的滚滚烟雾后的大败之将的沉默。

以牙还牙。以一杯牛奶还一杯牛奶（不是任何人的错）。

"你同告你的对头还在路上，就赶紧与他和息，恐怕他把你送给审判官，审判官交付衙役，你就下在监里了。"

"我实在告诉你：若有一文钱没还清，你断不能从那里出来。"

（马太福音第五章之二十五至二十六。）

晚秋骚夜，我自觉到了完美的败北。

不过是笑一文钱，被一文钱打。

我的眼睛，不曾弄脏。

以享乐为目的的注射，一针也不曾要求。不过是避开了只有"面门看招！"这一呼喝声势盛大的两三位剑术教习。

"要晓得水比火更强劲。正该学习基督那纤弱的威严。"

无他。

天机不可泄露。

（四日，亡父忌辰。）

五日
若能比现在早五年相遇，之类的。

六日

《人世的生活》

女校吗？网球场。白杨。夕阳。圣·玛利亚。（口琴。）

"累了吗？"
"嗯。"
这就是人世的生活。没错。

七日

想说什么？

"鞭打死尸。"

想说什么？

"扼杀穷鸟。"

八日

即便暂时地亲尝人情冷暖，双眼湿润，亦为衰老之始。

九日

看窗外，在庭院的黑土地上扑扑棱棱到处乱爬的丑陋秋蝶。由于异常强健，故而未死。非是虚幻无常之态。

十日

是我不好。我，才是说不出"对不起"的人。只不过是，我的恶直接遭了报应。

好老师啊。

好兄长啊。

好朋友啊。

好嫂子啊。

姐姐啊。

妻子啊。

医师啊。

亡父亦照鉴。

"我想回家。"

一棵柿子树出生的所在啊，定九郎①。

被嘲笑，被嘲笑，变强大。

十一日

正是对无才、丑貌的确实的自觉，才创造出厚颜无耻的男人。恩赐也。（与家兄单独会面，交谈一个钟头。）

十二日

试行草案

一、自昭和十一年十月十三日起，在东京市板桥区 M 精神

---

① 歌舞伎《假名手本忠臣藏》第五幕登场的人物，杀害百姓与市兵卫抢夺金财。后借此指代放荡无赖的武士、小偷等。——译者注

病院住院一个月。羟考酮中毒痊愈。以后，^①

二、十一年十一月至十二年（二十九岁）六月末在疗养院生活（医院的选定，完全委托 S 老师、K 先生）。

三、十二年七月至十三年（三十岁）十月末，在离东京逾四五个钟头车程（来客应该很少）的疗养地，租二十元上下的房子静养（K 先生可提供千仓的别墅，本欲借住，但这场所的选定，也完全委托大家）。

如上满一年，严格养生，待左肺痊愈，自信无碍之后，于东京近郊定居（仍须创作，严酷精进）。

另外，静养中的工作是读书，以及一天最多写两页稿子为限。

四、《早晨的歌留多^②》

（昭和色彩即歌留多。《日本伊索集》式的小说。）

五、《犹太之王》

（基督传）

---

① 原文此处即有留白。——编者注
② 歌留多是一种关于和歌的日本纸牌游戏。——译者注

以上二作，计划已成，准备慢慢地写。其他杂文，大抵打算拒绝。

此外，来春，长篇小说三部曲《虚构的彷徨》，将由 S 先生作序，I 先生装帧，付梓（试行方案，终究如竹叶上的霜）。

是日，午后一点半，出院。

要爱你们的仇敌，为那逼迫你们的祷告。这样，就可以做你们天父的儿子，因为他叫日头照好人，也照歹人；降雨给义人，也给不义的人。你们若单爱那爱你们的人，有什么赏赐呢？就是税吏不也是这样行吗？你们若单请你弟兄的安，比人有什么长处呢？就是外邦人不也是这样行吗？所以你们要完全，像你们的天父完全一样。①

——————————

① 此段出自《马太福音》第五章四十四至四十八节。——译者注

满

愿

是四年前的事了。那年，我住在伊豆三岛的朋友家二楼，一整个夏天都在写小说《传奇》。有一晚，我醉醺醺地骑自行车在街上飞驰，结果不慎受伤，右脚踝上方破了个口子。伤口倒不深，但由于喝了酒，血流不止，便急忙跑去找医生。镇上的医生是个三十二岁的大胖子，酷似西乡隆盛，当时也是酩酊大醉，和我一样摇摇晃晃地出现在诊室里，我觉得滑稽，一边接受治疗，一边哧哧窃笑，医生见状也笑了，最后我俩终于忍不住齐声大笑。

　　那晚过后，我俩成了好朋友。医生喜欢哲学尤甚于文学，而我也乐意谈论哲学，所以我俩聊得很起劲。医生的世界观是所谓原始二元论，将世间百态尽数视为善恶交战，倒也爽利。我虽一直努力信仰"爱"这个单一神，但听了医生的善恶之说，郁闷的心灵也备感清爽。

　　譬如，见我深夜来访便立刻命令自己的太太拿出啤酒款待的医生便是善，而笑着提议今晚不喝啤酒改打桥牌的太太便是恶。——对于医生所举的这一例证，我也欣然赞同。医生太太身材娇小，生着一张高额低鼻鼓腮帮的丑女脸，好在肤色白皙，气质娴雅。两人膝下无子，但二楼住着一个温文少年，那是太太的弟弟，正在沼津的商业学校就读。

医生家订了五种报纸，允许我看，所以我每天早上散步时，几乎都会顺道拐去他家，叨扰半个或一个钟头。从后门绕进去，在客厅外的檐廊上坐下，一边饮着医生太太端来的凉麦茶，一边用单手牢牢按住被风吹得哗哗作响的报纸浏览。廊外不出四米是一片青草地，当中有一条水量充沛的小河缓缓流过，沿河有条小路，每天早上骑自行车经小路去送牛奶的青年，一见了我就打招呼喊"早上好"。当时，有一个年轻女子常来取药。她穿着连衣裙和木屐，给人以清洁之感，常和医生在诊室里谈笑，有时医生会送她到门口，大声劝诫："这位夫人，还得再忍一忍啊！"

有一次医生太太向我解释了个中原委。原来，那女人是某位小学老师的夫人，其夫三年前患上肺病，近来大有好转，医生拼命告诫她说，现下正是紧要关头，严禁做那事儿。年轻的夫人谨遵医嘱，但仍不时前来咨询，状甚可怜。据说医生每次都狠下心，话里有话地劝诫她："这位夫人，还得再忍一忍啊！"

八月末，我目睹了美好的一幕。早晨，我正在医生家的檐廊上读报，侧身坐在一旁的医生太太悄声道："啊，她看起来很高兴呀！"

我蓦地抬头，只见近在眼前的小路上，一个穿连衣裙的清洁身影，正快步如飞地走远，手里的白色阳伞滴溜溜地转了一圈又一圈。

"今早，医生允许了。"医生太太又小声道。

三年，说来简单……我感慨万千。随着岁月流逝，我越发觉出那女子的身影之美。那或许是缘自医生太太的鼓动吧。

黄金风景

海岸边有棵绿橡树，橡树上系了条黄金细链。

——普希金

　　我小时候，性子不大好，爱欺负女佣。我讨厌做事拖沓，所以对迟钝的女佣欺负得尤其厉害，而阿庆，就是个迟钝的女佣。让她削苹果皮，她却一边削一边若有所思，两次三番停手，每次若不厉声叫她，她就那么一手拿苹果一手持刀，一直发呆，让人怀疑她是痴的。我常见她在厨房里什么也不做，只呆怔怔地站着，那副模样便在孩童看来也不像话，总惹得我无名火起，拿些老气横秋的狠话去攻击她，诸如："喂！阿庆！日头可是很短的哟。"至今想来仍让人脊背生寒。这还不够，有一次我唤来阿庆，叫她翻开我的小人儿书，把画中的阅兵式上密密麻麻的好几百名士兵——有骑马的，有举旗的，有扛枪的——用剪刀挨个剪下来，笨手的阿庆从清晨直剪到日暮，午饭也没吃，好不容易剪下三十来个，却不是剪过了头以致大将的胡须仅剩下半边，就是留白太多使得枪兵的手像熊掌般大得吓人，因此被我连连呵斥。时值夏季，阿庆好出汗，剪下的纸人全被她的手汗浸得湿透了，我终至怒不可遏，踹了阿庆一脚。分明是踹在肩头的，阿庆却捂着右脸，突然扑倒在地，边哭边说："连父母都没踩过我的脸。我会记你一辈子的。"语气近乎呻吟，说话断断续续，我到底还是厌了。除此之外，我对阿庆的折磨不一而足，简直就跟奉天命欺负人似的。无知鲁钝之人，我是怎么也忍不了的，如今多少亦然。

前年，我被逐出家门，一夜之间走投无路，浪迹街头，终日四处求乞维系性命，刚以为能靠一点文笔自食其力了，却又不幸染病。承蒙多方人情，一整个夏天，我得以在千叶县船桥镇的泥海边上租了间小屋，自炊休养，夜夜与盗汗抗争，睡衣几乎拧得出水来，尽管如此仍必须工作，每晨只饮一合①牛奶，只是如此，便让我感受到奇妙的生之喜悦。我的头也一跳一跳地又痛又倦，连庭院一隅盛开的夹竹桃花，映入眼中也成了一片熊熊烈火。

就是那时发生的事——一个查户籍的年近四十的瘦小巡警站在玄关，将户口簿上的我的名字，同胡子拉碴儿的我的脸，

---

① 1合相当于180ml。——译者注

细细比对："哎呀，您不是……家的少爷吗？"巡警一口浓浓的乡音。

"是我，"我毫不客气地答他，"你是？"

巡警的瘦脸上满是苦笑，道："呀，果然没错。您可能不记得了，大约二十年前，我在 K 开过马车行。"

K 是我出生地的村名。

"如你所见，"我冷着脸，"我现在也落魄了。"

"哪里的话，"巡警依然愉快地笑着，"您是写小说的，已经很成功了。"

我苦笑。

"对了，"巡警略放低声音，"阿庆一直念叨您呢。"

"阿庆？"我一时没反应过来。

"就是阿庆啊，您忘了？给您府上做过女佣的……"

想起来了。我不由得啊地呻吟一声，在玄关的台阶板上蹲了下来，垂着头，二十年前我对那个迟钝的女佣所施加的恶行，一一清晰地浮现在脑海中，使我几乎无地自容。

"她幸福吗？"我还记得，突然抬头问出如此不着边际的问题的我，脸上的确浮现出罪人、被告才有的卑屈的笑容。

"嗯，好歹算是熬过来了。"巡警毫无顾忌地朗声答道，用手帕擦了擦额头的汗，"您要是方便，下次我带内人过来，好好谢您一谢。"

我大吃一惊，几乎要跳起来。

"不用，算了，无须如此。"我极力拒绝，一股难以言喻的屈辱感在全身上下游走，使我痛苦不堪。

巡警却很快活。

"我家孩子，您有所不知，就要在这里的车站上班了，他是长子。此外还有一子二女，小女儿八岁，今年上的小学。我算是暂时松了口气，阿庆也吃了不少苦。怎么说呢，嗯，在您府上那样的大户人家学过礼仪的人，就是不一样。"他脸有点红，带着笑，"托您的福了。阿庆也一直念叨您呢。下次公休，我一定带她一起来道谢。"蓦地，他神色一正，"那么，今天就告辞了。请多保重。"

比起工作，我更为金钱而烦恼。过了三天，在家待不住了，便拿起竹杖，嘎啦嘎啦地打开玄关的门，打算出海，却见门外有三个人——身穿浴衣的一对父母和身穿红洋服的一个女孩，并排而立，那场景犹如一幅美丽的画。是阿庆一家。

我发出了连自己都觉意外的怒吼，声音大得吓人。

"还是来了！今天，我接下来有事必须出门！抱歉，请改天再来！"

阿庆已变成一位优雅的中年太太。八岁的孩子，长相酷似做女佣时的阿庆，用略显迟钝的浑浊的眼睛呆呆地仰望着我。我感到一阵悲哀，不待阿庆开口，就逃一般地飞奔到了海滨。

我挥舞竹杖，不住地砍倒海边的杂草，头也不回，一步、一步，以奋力跺脚般的粗暴步伐，不管不顾地沿着海岸径直朝镇子走去。我在镇上做了什么？只是漫无目的地仰望电影院的广告画，凝视着绸缎庄的橱窗啧啧咂嘴，听见内心某个角落响起"输了、输了"的喝喝声，情知不妥，赶忙用力抖了抖身子，然后继续走，又走了半个钟头，才掉头回家。

来到海岸，我停住了脚步。看啊，前方是一幅和谐安宁的画面。阿庆一家三口，正在悠闲地往海里扔石头呢，有说有笑，声音一直传到我这里来。

"相当不简单，"巡警用力扔出一块石头，"他看起来很聪明，想必很快就能发迹。"

"当然了，当然了。"这是阿庆骄傲而响亮的声音，"少爷从小就与众不同，对待下人也很亲切、很关照。"

我哭了。难遏的激动，因这泪水涣然冰释了。

我输了。这是好事，不然就糟了。他们的胜利，亦将为我明日的启程带来光明。

懒惰的歌留多

我的诸多恶德里，最显著的，便是怠惰。这一点确凿无疑。独独关系到怠惰上，我才是真正的我。当然，我不是以此自夸。其实，我自己也受够了。这是我最大的缺陷，确实可耻。

　　罕有恶德能如怠惰这般觅得种种借口：卧龙。我在思考。难得糊涂。面壁九年。推敲琢磨，精益求精。雌伏。圣人将动，必有愚色。熟虑。洁癖。执一。我的痛苦你不懂。修仙。无欲。静待他日适逢其会。沉默是金。尘事纷扰。砥石隐而不显。时机尚未成熟。枪打出头鸟。躺着不忧跌跤。天衣无缝。桃李不言。绝望。对牛弹琴。一鸣惊人。不宣之国。愚不可及。大器晚成。自矜，自爱。后来居上。缘何彼辈无思想。身后名。也就是说，很高级呢。毕竟是名角呀。晴耕雨读。三度固辞而不动。海鸥是哑鸟。与天斗。纪德是有钱人吧？

　　统统是懒汉的借口。我其实很惭愧。哪有什么痛苦。为何不写作？实因迫不得已，才每每俯首低眉，可怜兮兮地自白，说什么身体有恙，一天却要吸掉五十多支金蝙蝠牌香烟，酒一喝就是一升多仍浑若无事，还要匆匆扒下三碗茶泡饭，哪有这样的病人？

总而言之，就是怠惰。一直照这样下去，我就成了全无盼头的人。做出这样的决定，我也很痛苦，但我们不能再纵容自己了。

什么痛苦啦，高迈啦，纯洁啦，率直啦，我已不想再听这些。快写！便是单口相声也好，便是微型故事也行。之所以不写，无一例外皆因怠惰，皆因愚蠢至极的盲信。人哪，既做不了力所不及的工作，也做不了力有过之的工作。不工作者，就没权利，自然会丧失为人的资格。

这样想着，我愁眉苦脸地坐在桌前，什么也不做。以手托腮，怔怔出神。倒不是在深谋远虑。没有比懒汉的空想更愚蠢荒唐的了。都说坏事传千里，而懒汉的空想驰骋起来也是停不住的。在想什么呢？这个男人，眼下正在考虑旅行。火车旅行太无聊，飞机不错。会晃动得很厉害吧，飞机里能抽烟吗？穿高尔夫长裤坐飞机吃葡萄，会很帅气吧。吃葡萄该不该吐籽？想知道葡萄的正确吃法。

……脑子里考虑的这些事，其不着边际简直到了可怕的地步。慌忙一把拽开书桌的抽屉，在里面乱翻一气，缓缓地取出一个挖耳勺，夸张地皱紧眉头，开始掏耳屎。那根竹质挖耳勺的一端，粘着一蓬白毛，男人用那兔毛探进自己的耳朵眼儿里逗弄，舒服得眯起了眼。耳朵掏完，无事可做，又在抽屉里一通乱翻。找出一个防风寒的黑口罩，迅速戴在脸上，蓦地正色扬眉，目光炯炯，左右环视。无事可做。

摘下口罩，放回抽屉，合好抽屉，重又托腮，脑中突然冒出愚蠢的想法：玉米，是粗俗的食物。其正确吃法是什么呢？啃玉米的样子，就像在竭力吹口琴。不拘多么严重的虚无，与之纠缠到最后的，似乎都是食物。而且，这男人不懂味觉。比起味道来，似乎吃法才是问题所在。对麻烦的食物，瞧也不瞧一眼。秋刀鱼之流，或许的确美味，但他并不喜欢，因为有刺。似乎讨厌一切鱼肉，非因味觉之故，而是懒得挑刺。盐烤香鱼之类，据说非常昂贵，他却一点也不喜欢，顶多只是觉得过意不去了，才拿筷子戳上一戳，便再也不屑一顾。喜欢煎鸡蛋，因为没刺。喜欢豆腐，也是因为吃着方便。喜欢饮料，如牛奶、菜汤、葛粉糊，既不好吃也不难吃，只是因为摄取不麻烦。

说起来，这男人好像不知寒暑。夏天再热也不用扇子，嫌麻烦。直到有人说今天真热呀，把扇子递过来，他才意识到："啊，是吗？原来今天很热呀！"慌忙接过扇子，呼啦呼啦地扇几下，然后做凉爽状，但很快就腻烦了，终归是将扇子搁在膝头，心不在焉地摆弄罢了。至于寒冷，一样不知。若是没人给火盆添炭，他会抱着空火盆一动不动地坐上一整天。若是无人提醒，在晚秋、初冬乃至严寒时节，他仍会浑不在意地穿着夏天的白衬衫。

我伸长胳膊，从书桌旁的书架上，取下某日本作家的短篇集，像要开展显微镜下的研究似的，抿嘴做庄严状，一页、一页，缓缓翻动。这位作家，如今被誉为巨匠。其文笔古怪，但胜在易读，每逢心灵空虚之时，我就拿来读一读。大概是喜欢的吧。一本正经地读着读着，突然哈哈大笑起来。这男人的笑声颇有特色，像马的笑，我是受不了的。书中写到似乎便是作家本人的那位主人公，一脸深明大义，拿着包袱皮，离开湖畔别墅，去镇上买菜做晚餐，但其兴高采烈，在我看来却是如此可鄙，只增笑耳。一把年纪的堂堂男子汉，竟遵从老婆的吩咐，拿着包袱皮兴冲冲地去镇上买葱，这太过分了。一定是个懒汉。这种生活要不得。一定是他什么也不做，只会晃来晃去，老婆看不过眼，才要他去买晚饭。这是常有的事。

这个笨蛋，听了吩咐，点点头，"嗯，买五钱的葱是吧"。重新系好腰带，为自己竟能派上一点用场而喜出望外，兴高采烈地拿着包袱皮去买东西。可鄙，可鄙。如此还算堂堂须眉吗？

我多少有些狼狈，合上书，轻轻放回书架，然后又无事可做了。托着腮，怔怔出神。若把懒汉比作陆地动物，首先应该是上了年纪的病犬吧。毛发邋遢，四脚摊开，抽动着淡红的肚皮，一声不吭地整天晒太阳。纵然有人从旁经过，狗子也不吠，反而眯缝着眼，茫然目送其离开，然后又闭上眼。不像话。太肮脏。若以海洋动物作比，怕就是海参了吧？海参面目可憎，教人受不了。或是海星？黏糊糊地扒着岩石，时不时蠕动手指，而且从不思考。哎呀，受不了，受不了。我猛然起身。

无须惊讶，不过是去趟茅房。不符期待之事，数不胜数。站着想了想，慢吞吞地走进隔壁房间。

"喂，有没有什么事要我做的？"

隔壁屋里，妻子正在缝衣。

"有。"她头也不抬，"请把这个熨斗烧热。"

"哦，好吧。"

接过熨斗，大男人又坐到书桌前，将熨斗用力插进火盆的炭灰中。

插好熨斗，便像完成了重大使命似的，不慌不忙地抽起了烟。这副模样，同那个拿着包袱皮去买葱的身影毫无二致，甚至更糟。

深为惊愕、憎恶，甚至想杀死自己。唉！如此自暴自弃写出的文字，竟是——

懒惰的歌留多。

看来是打算想一句写一句。

い①：生亦切，感亦急

维纳斯自海中泡沫而生，在西风的引导下，随波漂流，来到塞浦路斯岛的海湾。其四肢细长优雅，体态丰腴柔润，乳白肌肤的各处即耳垂、脸颊、掌心，俱染着淡淡的蔷薇色，小巧的脸庞清净照人，浑身散发着近似柠檬香的高贵香气。被维纳斯的美丽所吸引的众神，尊其为爱与美之女神，甚至内心暗怀了万不该有的欲望。

维纳斯乘着白天鹅曳引的两轮车，在森林和果园里穿梭嬉戏，心怀妄念的数十位神，一边受着厚厚弥漫的车尘一边不住擦汗，在两轮车后到处追赶。玩累了的维纳斯，躲在森林深处的冷泉里清洗汗津津的四肢，从不远处的林间以及稍远些的草丛后头，透射出众神淫荡的目光。

维纳斯心想，与其每日这般不堪烦扰，索性把这身子许给谁算了。就给自己认定的那个男人吧。

维纳斯决定，将一月一日拂晓时分去众神之父朱庇特的王宫途中遇到的第三个男人，选定为自己一生的夫君。啊，朱庇特王，请您赐给我一个好丈夫吧！

---

① 由此开始按"伊吕波歌"的假名排序写歌留多。伊吕波歌相当于字母歌，但其内容有实质意义。——译者注

元旦。维纳斯整个人裹着洁白的披风，飞一般地冲出了家门。在林间小路上遇到了第一个男人，那是个让人一眼生厌的毛烘烘的神。在森林出口的白桦树下遇到了第二个男人，维纳斯骤然驻足。那是个威风凛凛的美男子，环抱双臂，看也不看维纳斯，径自在晨雾中悠然漫步。"啊，就是此人了！第三人就是他，第二个……第二个是这棵白桦！"维纳斯叫喊着，纵身扑进男子汉宽阔的胸怀。

　　任由己身随宿命之风飘荡，在转折点上轻巧地闪转脱身，创造更精彩的命运。天定宿命与人为技巧。维纳斯的婚姻很幸福，那男子汉正是朱庇特王之子——雷电征服者伏尔甘，两人还育有丘比特这个可爱的孩子。

　　诸位若在二十世纪的都市街头，避开暮霭眼目，偷偷尝试此种占卜，则对第三人的选择大可不必循规蹈矩，视情况可将电线杆、邮筒、行道树等各算作一人。不敢保证一定生出丘比特，但得到伏尔甘是无疑的。请相信我。

ろ：牢房阴暗

非但阴暗，而且冬冷夏热，臭气熏天，蚊蚁成群，不堪忍受。牢房，避之唯恐不及。

不过，我常觉得，没必要拘泥于修身、齐家、治国、平天下这一顺序。有时纵然身未修、家未齐，也不得不考虑治国、平天下。不如将顺序倒过来，反而爽快。平天下、治国、齐家、修身，感觉不错。

我喜欢河上肇博士的人品。

は：母亲啊，为了孩子动怒吧

"不，我无法相信。是你不好。这孩子，是很重感情的。这孩子，总是庇护弱者。这孩子，是我的孩子。好了，乖，不哭。妈妈既然来了，就再也不让他碰你一根手指！"

に：屡遭憎恨，终将变强

偶尔写点正经的小说吧。你近来好不容易得到了世人的好评，却又写这种惫懒的伊吕波歌留多，真是教人头疼。世人或许会再次怀疑，你的病是不是还没好。

我的好友们也许会出于担心而这样说我，其实不用担心。最近我意识到，我还没老呢。没什么，一切从现在开始。还不成熟。一段文章，就得边苦思边写。仍然自顾不暇。我愤怒，悲伤，欢笑，苦闷，过完一天天。我意识到，三十一岁果然只是三十一岁而已。虽说理所当然，我却觉得这一发现难能可贵。

《战争与和平》《卡拉马佐夫兄弟》，我还写不出来。那是已经可以明说的了，绝对写不出来。纵然心气有余，奈何实力不足。但是，我并不如何悲伤。我要活得久一些。打算试一试。这个决心，也是最近终于才有的。我喜欢文学，相当喜欢，这一点玩笑不得。不喜欢的话，是做不了的。信仰——我逐渐地明白了。一个大男人，一脸深明大义地创作伊吕波歌留多的模样，就像弁庆①在拍小线球玩，或是哼哈二将在绣花，或是摩西正用弹弓瞄准麻雀，我想该是颇罕见的吧。这我知道。不过，我觉得这样也好。所谓艺术，便是如此。我很认真。能看的人，就来看吧。

　　当然，我并不满足于只写这种形式的东西。这种麻烦的形式，让我自己也吃尽了苦头，很不喜欢。既有的小说写法，应该也掌握得很熟练。实际上，在这篇小说里，就有许多狡猾的采用，随处可见。毕竟我也是个商人，对此我很清楚。所谓老实的小说，今后也要写了。写这种话，总觉得很难堪，脸上火辣辣的。不过，这也是为了让我的好友们安心，是无论如何都想写下来的想法。比起追求纯粹而窒息，我宁愿在浑浊中长大。现在我是这么想的。没什么，一言以蔽之：我不想输。

　　这篇作品，健康与否，我想读者当会替我判定，但无论如

---

① 日本平安时代末期的僧兵，源义经的家臣，是猛将的代表人物之一。——译者注

何，这篇作品绝不急懒。非但不急懒，我更是全力以赴。现在发表这样的小说，对我也许是不利的，但我觉得，三十一岁就该有三十一岁的样子，尝试各种冒险才是正常的。《战争与和平》，我还写不出来。我今后，大概也会经历种种迷茫，饱受其苦。波涛汹涌。关于这一点，不是我自负。我自忖是充分小心的，甚至于胆怯。这篇作品无论形式或是情感，归根结底，必定半步也未超出三十一岁的范畴。不过，我必须对此有自信。三十一岁，只能像三十一岁那样去写，此外别无他法。我认为如此最好。写着写着，莫名地悲从中来。也许，这些话不该写出来。可是，我心潮澎湃，怎么也没忍住。近些日子，我一直活得小心翼翼，堪称如履薄冰。因为，我被狠狠地收拾了一顿。

不过，算了。我会试试看。虽然还有些摇晃不稳，但很快就会茁壮成长的吧。首先，我必须相信，不撒谎的生活，是绝不会覆灭的。

那么，讲个以前的事吧。

我曾觉得，自己不幸福。

"你算是幸福的了。"别人都如此评价我。

"确实，确实。"我懦弱地点头赞同。

"怕是贪心不足拼死挣命呢。"

"自讨苦吃。"

"真是个对人生、生活一知半解的家伙。"

"运气太好以至于惶恐不安了。"

"是有那种性子的女人，就好瞎操心。"

我光在意这些背后说的坏话了。

甚至出现了无赖，又说什么红颜薄命、怀璧其罪，弄得我面红耳赤，狼狈失措，还灌我喝大酒。

但是，某夜，有人用普通的声音慢条斯理地说："你真是个不幸的人啊。"那人便是佐藤春夫。

我顿时真切地感到前路豁然开朗，便问："你真的这么认为吗？"我觉得，方才他脸上像是带着淡淡的微笑。

"嗯，是不幸。"他果然毫不犹豫地点了点头。

还有一人，是在文艺春秋社昏暗的会客室里见到的 M.S 先生。他一字一顿地明言："只要没出现一个喜欢你甚至愿意跟你殉情的编辑，你就是不幸的作家。"肯如此干脆地开诚布公的 M.S 先生那瘦躯之中所充盈着的决心之大，令我敬佩不已。

很多时候，我只换来别人的苦笑。对许多人而言，我只是个纠缠不休、狂妄自大的存在。而我，却畏惧大家，还一心想让大家快乐起来，想让大家拥有自信，想让大家开怀大笑，哪怕只图一时也好。我以盗贼的面目示人，甚至不惜模仿乞丐。我曾相信，那些心底一隅住着真正的盗贼，怀着乞丐的实感，日夜懊恼辗转的贫弱的人之子，一定会从我的举止背后发现罪恶的老大哥，从而暗自宽心，对生活怀上自负。这想法实在愚蠢，转瞬间，我就被踢落悬崖。审判之秋，我变成了憎恶的对象。在某一条重要的界线上，我的确疏忽了，我怠惰了。一线破开，即成决堤之势，我被指责为"生来就是罪大恶极之人"。贫弱的人之子的怨嗟、嘲骂之焰，烧痛了曾经的罪恶的老大哥的耳垂。

"烫、烫烫、烫！"

我发出可笑的悲鸣，东跑西蹿，靠近炉边，却遭遇橡子爆炸，想喝口水，却被水瓶里的螃蟹钳住，吓得魂飞魄散，摔了个屁股蹲儿，却不巧正坐在马蜂窝上，实在受不了跑去庭院，却碰到石臼从屋顶上轰隆隆地滚下来，那场猴蟹大战，对猴子的刑罚令其到处碰壁，气喘吁吁，仓促间闯进了魔窟一室。

那一夜发生的事，我永远难忘。当时想死来着，没有办法。我喝得烂醉，连斗篷也没脱就猛地倒在了地上。

"欸，昔日的名妓，"女人在一旁笑道，"不管面对什么样的家伙，都会毫不犹豫地把身子靠上去。像水一样，像帘子一样，就那么软软地靠上去，然后像蒙娜丽莎那样唇角微翘，静默不语，客人就会疯狂，要为她卖田卖地了。听好了，这里可是最重要的。自古被誉为名妓之人，尽皆如此。不可妄自讨要什么戒指。要始终保持沉默，做出不满足的样子。正所谓卖艺不卖身，坚守贞操的女人才叫聪明，一旦委身于人，下次客人便不会再来，那是怎么也成不了名妓的。"

话说得很过分。或许该称之为撒旦的美学、名妓论的一端吗？我胡乱骂了一通，便沉沉睡去了。

突然睁开眼，房间里一片漆黑。抬起头，发现枕畔端端正正地放着一个雪白的信封。不知为何，我心怦怦直跳。那是一个纯白得几乎发光的信封，端端正正地放在那里。我伸手去拿，却空自抓到了榻榻米，吓了一跳。是月影，从那个魔窟房间的窗帘缝隙，月光潜了进来，在我枕畔落下四四方方的月影。我惊呆了，我收到了月亮寄来的信。真是难以言喻的恐怖。

我忍不住一跃而起，拉开窗帘推开窗子，便看到了月亮。月亮一副事不关己的模样。我倒吸了一口气，作势要说点什么，然而月亮依然佯作不知。冷酷、严峻，根本没把人类当回事。二者天差地别。我丑陋地伫立在原地，既没苦笑，也没含羞，事情没那么简单。我呻吟了。真想就这样变成一只小小的蝈蝈。

不愿娇生惯养。懂得了在大自然中渺小地生存下去的孤独、严峻。雷落屋焚毁，葫芦花盛开。[①] 我想将废墟上的那朵葫芦花好生培育，使其茁壮成长。

ほ：囊萤映雪

窗明几净，我翻开书本端坐，俨然以秀才自居，啊，窗外

---

① 脱胎自与谢芜村所作俳句。——译者注

传来号外的铃声。尽管如此，我们也必须学习。听好了，金鱼若只放养，也保不住月余性命。

へ：送别士兵，悲从中来

为奔赴战场的士兵送行，不能哭吗？无论如何，眼泪都止不住地流，请原谅我。

と：此间世界，皆为地狱

"不忍池——"这个名字某夜突然脱口而出，然后发现，"咦，真是个可笑的名词呀。"它必定有着这样的由来，不会有错。

确切的年代不详。在江户旗本家中，有个叫冠若太郎的十七岁少年，那是一个美若樱花的少年。他有一位竹马之友，是个名叫由良小次郎的十八岁少年武士，这是一个美若新月的少年。一个阴晦的冬日，就爱马缰绳的正确握法，两人意见分歧，争论的结果是，一个少年半边脸上的冷笑激怒了另一个少年。

"我要砍了你！"

"好，我不会放过你！"二人相约决斗。

到了约定之日，由良正要出门，冷雨从天而降。他便返回屋中，打了伞才出门。约斗之地，是上野山。途中，由良看见弄丢了伞正在镇上人家檐下避雨的冠。冠冻得缩着肩膀，犹如一朵浅红的山茶花，看上去不知所措。

"喂！"由良打了声招呼。

冠循声发现了由良，莞尔一笑。由良也微红了脸。

"走吧！"

"嗯。"两人并肩走在冷雨中。

两人同撑一把伞，头靠着头，来到命定之地。

"准备好了？"

"准备好了。"

两人当即拔刀相向，同时扑哧一笑。白刃交锋，冠输了。由良结果了冠的性命。

他在上野池里洗净了刀上的血。

"宿怨就是宿怨。武士的意志，命定不可违！"

从那天起，上野池便被人唤作不忍池。真是个乏味的世界。

ち：畜生的悲哀

昔日的筑城大家，在作图设计城池时，最为深思熟虑的便是城池化作废墟时的样子。经过设计，城池化作废墟后会变得越发美丽。昔日的烟花名匠，最为煞费苦心的便是花弹升空后轰然炸裂的声音。烟花是靠听的。陶器，放在掌上的重量最为重要。自古以来，足以称作名匠之人，无不在这个重量上绞尽脑汁。

我把诸如此类的话，像煞有介事地讲给家里人，他们听得佩服不已。殊不知，全是胡说八道。如此荒唐之事，在任何书里都找不到。

我又说：

　　君若思妾身，且来和泉寻，信太之森里，狐身葛
叶藏。

此诗众所周知，乃母狐所作。"狐身葛叶藏"一句，饱含了畜生的可怜的情愫，空虚而悲哀。从最深处，能感受到某种不属于这个世间的大恐怖。昔日，江户深川旗本之妻华年早亡，留有一女。某夜，她出现在丈夫枕边，吟诗一首：

　　行走暗夜匂山路，叶哭声中渐失迷。

匂山，也许是冥土中的山名。叶，应该是女儿的名字。至于失迷者，显然便是年轻女子的幽灵，岂不可怜？

还有一首诗，也是妖怪所作，虽情形不详，含义亦不明，但仍能感受到不属于这个世间的凄惨。该诗是这样的：

怜见吾妹化青鹭，纵使无言岂应恨。

坦白讲，都是我杜撰的。杜撰的动机，是作者的爱情。我相信这一点，并非撒旦主义。

り：龙宫在海底

拖着老朽疲惫的肉体，追逐永无止境的幻梦，于荒凉的海岸上踯躅，白发苍苍的浦岛太郎，仍在这世间苟延残喘。将花金龟装进香烟盒，听着虫子挣扎的沙沙足音眯起眼。这是我的八音盒，何其悲惨。古有德意志废帝，或是埃塞俄比亚皇帝。据昨天的晚报报道，西班牙总统阿萨尼亚①也终于辞职了。不过，这些人或许意外地很悠闲呢。就算卖掉樱树园，山野里仍有许多樱花名胜，那些豪杰，也许干脆想把它们都当成自己的东西来欣赏呢。

---

① 阿萨尼亚（1880—1940）西班牙政治家，1931—1933 年担任西班牙第二共和国第一任总理，1936—1939 年西班牙内战时期第二共和国的最后一任总统。——译者注

ぬ：沼之狐火

北国夏夜，只穿一件浴衣，感觉凉飕飕的。当时，我十八岁，正读高一。暑假，我回到故乡，听说村郊的五谷沼每晚都会燃起五六团狐火。

一个无月之夜，我在自行车上挂了灯笼，出门去看狐火。一面避开夏草上的露水，一面摇摇晃晃地骑行在宽约一尺或是五寸的无人的田野小路上。一路上，蝈蝈的叫声聒耳，萤火虫也漫山遍野闪闪发光。穿过五谷神社的牌坊，奔驰在两排漆树之间的林荫道上，我毫无意义地胡乱按响自行车铃。

行至沼泽岸边，自行车的前轮已然满是泥水。我跳下自行车，轻舒了口气。看到狐火了。

沼泽对岸，并排飘着一团、两团、三团红火，摇晃不定。我拽着自行车，沿沼泽岸边走去。这是个周长二里多的小沼泽。

走近一看，有五个老翁正坐在草席上喧闹痛饮。狐火原来是挂在沼泽岸边柳枝上的三个灯笼，是运动会上用的那种白地红丸灯笼。老翁们记得我的模样，都拍手笑着欢迎我。我认识五人中的两个，一个是开米店破产了，一个是迎娶不干净的女人做小妾变痴呆了，都是故乡的笑料。掠过沼泽水面吹来的风，很臭。

据说，五人每晚都会聚集于此开诗会。看到我自行车上的灯笼，他们相顾言道："刚才还以为是狐火呢，吓坏了。"然后又是一阵说笑。我被劝着喝下两三杯冰凉的浊酒，又看了他们卖弄的几首自作诗句。全都非常拙劣，甚至还有"芒草荫下有骷髅"这种诗句。我骑上自行车，径自回家了。

举头赏明月，回首复看座上客，惜无一美颜。

芭蕉这话说得也很过分。

る：流转轮回

我本想在此写一写某位帝大教授的身世，但那很难。那位教授，就在两三天前，被起诉了。即所谓左倾思想。可是五六年前，在我们还是学生时，这位教授应该正是以学生左倾思想善导者的身份被直接任命的。教授当时的善导言论，果然也成了今日被起诉的理由之一。这方面相当麻烦。

若是再有四五天时间，我也会多方思量，费些工夫，设法将之整理成一个故事，供诸君过目，可今天已是三月二日了。这本杂志好像是在三月十日前后发售，所以今天，应该正是迫在眉睫的截稿日。今天无论发生什么事，我都必须把原稿送到印刷厂，已经约好了的。之所以要吃这种苦头，也是因为日常的怠惰。这样确实不行。空有决心，哪怕再高，若是还像以前那样偷懒，就当不成好的小说家。

を：姥舍山巅的松风

当以此自戒。倘若再度重复这般丑态，那才真成了姥舍山呢。懒惰的歌留多。的确，这篇文章成了懒惰的歌留多。从一开始，我不就是这样打算的吗？不，我不会再撒那样的谎了。

わ：我举目向山

か：下民易虐，上天难欺

よ：夜晚过后，便是明朝

叶樱与魔笛

每当叶樱①时节，我总会忆起往事——老妇人如此开始讲述。

　　——三十五年前，当时父亲尚在，我一家——说是一家，母亲早在七年前我十三岁时就已过世，之后家里只剩父亲、我、妹妹三人。在我十八岁、妹妹十六岁那年，父亲来到岛根县日本海沿岸的某个人口逾两万的集镇就任中学校长，因未租到合适的房子，便在郊外一座孤零零地建在山脚下的寺庙租了两间厢房，一直住在那里，直至第六年父亲调任至松江的中学。我结婚是来松江之后的二十四岁那年秋天，在当时算是相当的晚婚。母亲早逝，父亲又是顽固不化的学者做派，不谙世事，我知道这个家要是没了我，根本撑不下去，所以，尽管以前就有人多次说媒，但我没心思抛家外嫁。至少，妹妹若身体健康，

———————————————

① 樱树花落后长出嫩叶。——译者注

083

我也能轻松一些，然而妹妹不像我。她是个漂亮可爱、头发也长的孩子，十分优秀，只可惜身子骨太弱，父亲到那集镇赴任的第二年春天，妹妹就死了，那年我二十岁，妹妹十八岁。

这个故事，便发生在那时候。妹妹老早就不行了。那是一种名叫肾结石的恶性疾病，据说发现时，两肾已被彻底破坏，医生也明告父亲"不出百日"，说是怎么都没救了。一个月过去了，两个月过去了，眼瞅着第一百天就快到了，我们却只能默默地看着。妹妹毫不知情，反而精神十足，尽管终日卧床，仍能兴高采烈地唱唱歌，说说笑话，冲我撒撒娇。一想到再过三四十天妹妹便注定要死去，我就心如刀割，仿佛浑身上下被针扎一样痛苦，几欲疯狂。三月、四月、五月，没错。五月中旬，我忘不了那一天。

山野遍披新绿，天气和暖得教人直欲裸裎，然而在我，新绿却是闪亮得可怕，晃得两眼生疼。只好垂下头，独自想着种种心事，将一只手轻轻地插入腰带内侧，走在田间小路上，边走边狂扭身子，只因思来想去，尽是痛苦之事，简直教人喘不过气。咚、咚，仿佛从春土最深处，自那十万亿土，不绝传来骇人的声响，幽微，却极宽广，犹如地狱第十八层正敲响硕大无朋的太鼓，我不知那可怕的声响是什么，以为自己莫非真的已经疯了，就那么身形凝固，呆立不动，突然"哇"地大叫一声，再也站不住，一屁股坐在草地上，索性放声大哭起来。

过后方知，那匪夷所思的可怖异响，是日本海大海战中军舰的大炮声。时值东乡提督一声号令，欲一举歼灭俄国波罗的海舰队，双方激战正酣。今年的海军纪念日也快到了，那沿海的集镇也听得见炮声，镇民们怕也吓得魂飞魄散了吧。可我并不知晓，满心全是妹妹的事，处于半疯状态，才误以为是不祥的地狱鼓声，坐在草地上埋头哭了许久。直到日头西垂，我终于站起身，行尸走肉一般，浑浑噩噩地回了寺庙。

　　"姐姐。"妹妹叫我呢。她那时瘦弱不堪，浑身无力，亦已隐约自知命不久矣，再不像从前总给我出难题、提无理的要求，也不再跟我撒娇，那在我却更痛苦了。

　　"姐姐，这封信是什么时候来的？"

　　我猛然一惊，清楚地意识到自己脸上没了血色。

　　"什么时候来的？"妹妹似是语出无心。

　　我重新打起精神，说："就在刚才，你睡觉的时候。你睡着了还笑呢。是我悄悄放在你枕边的，你不知道吧？"

　　"啊，不知道。"妹妹在暮色迫近的昏暗房间里，露出又白又美的笑容，"姐姐，信我看了。真奇怪，这人我不认识。"

　　岂会不认识。我知道那个名叫 M.T 的寄信人。我太了解那男人了。不，没见过，但我在五六天前，偷偷整理妹妹的衣橱时发现，在一个抽屉深处，藏着一捆用绿缎带绑得结结实实的信，我知道不该偷看，但还是解开缎带看了。约三十封信，都是那个 M.T 先生寄来的，信封上并没写 M.T 先生的名字，但信里写得很清楚。还有，信封上的寄信人写的是各种女人的名字，那些人都是真实存在的妹妹的朋友，所以我和父亲做梦也没想到，妹妹竟和一个男人通了那么多信。

那个 M.T，一定是先谨慎地跟妹妹打听好许多朋友的名字，再顶名冒姓接连寄信过来。我确定了这一点，为两个年轻人的大胆暗自咋舌，想到若被那个严格的父亲得知此事，后果委实难料，不禁怕得发抖，不过，按日期一封封信读下来，连我竟也莫名地开心起来，喜气洋洋，不时为两人的孩子气独自窃笑，最后甚至觉得自己眼前打开了一个广阔的世界。

我那时也才二十岁，也有许多身为年轻女性难以启齿的苦恼。我以溪水奔流之势，将那三十多封信一气读了下来，读到去年秋天的最后一封信，不由得站了起来，如遭雷击，震惊得几乎仰天栽倒。妹妹与那人的恋爱，竟不止在精神上了，已然发展到更丑陋的地步。我把信烧了，一封不留统统烧了。M.T 似是住在集镇的穷歌人，卑鄙如他，一得知妹妹患病就抛弃了她，在那封信中淡然写下"我们忘了彼此吧"这种残酷的话，此后再没寄来一封信，所以只要我一辈子不跟别人讲，妹妹即可以干净的少女之身死去。我把痛苦藏在心底，决定瞒着所有人，但这一事实令我越发可怜妹妹，还浮现出种种奇思幻想，竟教我自觉悲喜参半，那样一种刺痛心扉般的、教人喘不过气的可恶情绪，简直就是人间地狱，非适龄女性不能体会。我独自痛苦着，好像是我自身的遭遇一般，那状态也真有点怪异。

"姐姐，你读来听听。我一点也不知道是怎么回事。"

我对妹妹的虚伪感到由衷的厌恶。

"可以读吗？"我小声问。从妹妹手中接过信的我的指尖，颤抖得简直令我不知所措。不用打开看，我也知道信里写了什么，但我不得不佯作不知地读出来。信中这样写道——我根本没怎么看，便大声读了起来：

今天，我要向你道歉。先前一直忍着没给你写信，实在是我没有自信。我人穷，又无能，不能为你做什么，唯有话语献上，其中绝无谎言，但终究只能以此来证明我对你的爱，别的什么也做不到，这样无力的自己，令我讨厌。对你，我一日不曾或忘，不，连做梦都想着念着。可我不能为你做什么。出于这种痛苦，我想和你分手。你的不幸越大，我的爱情越深，我就越难接近你。你明白吗？绝非诳言。我以为是我自身正义的责任感所致，但我错了。我显然弄错了。我要向你道歉。我只是在逞私欲，想成为你眼中完美的人。

我现在相信，既然我们孤独无力，既然别的什么也做不到，至少可以真诚地互赠话语，这才是真正谦逊美好的生活方式。我觉得，应该在自身力所能及的范围内努力做到这一点。再小的事情都可以。我相信，便是拿一朵蒲公英花当赠礼，只要能毫不羞耻地送出，就是最有勇气、最有男人味儿的态度。我不会再逃避了。我爱你。每一天，我都要写一首和歌送给你。每一天，我都要在你家院墙外吹口哨给你听。明晚六点，我就开始给你吹《军舰进行曲》。我口哨吹得可好了。眼下，只有吹口哨是我力所能及的贡献。不能笑。不，请笑吧。保重。神一定在看着呢，我相信。你和我，都是神的宠儿，定能成就美满的婚姻。

久盼桃花开，今岁始绽放，风闻一树雪，却见满枝红。

我正在学习。一切都很顺利。那么，明天见。

M.T

"姐姐，我是知道的。"妹妹用清澈的声音呢喃道，"谢谢你，姐姐。这是姐姐写的吧？"

我实在太难为情了，直想将信撕得粉碎，把自己的头发薅得稀乱。这种感觉就是所谓芒刺在背吧。

的确是我写的。我不忍见妹妹痛苦，便打算每天都模仿M.T 的笔迹写信，一直写到妹妹死去那天，绞尽脑汁创作拙劣的和歌，每晚六点偷偷地到墙外吹口哨。

太难为情了。连和歌都敢写，实在太难为情了。我羞惭欲绝，没能马上回复妹妹。

"姐姐，不用担心。"妹妹平静得不可思议，脸上露出美至崇高的微笑，"姐姐，你看过那些用绿缎带绑着的信了吧？那是假的。我太寂寞了，就从前年秋天起，自己写了那些信，再寄给自己。姐姐，别小看我哟。青春哪，可是很重要的。我生病后就彻底明白了。自己给自己写信，这等行为是肮脏、可怜、愚蠢的。我要是能和男人果真大胆地玩就好了。我想让男人紧紧抱住我的身体。姐姐，我至今没跟不相干的男人说过一次话，更别提恋人了。就连姐姐你，也是这样吧。姐姐，我们都错了。聪明反被聪明误。啊，我不想死。我的手、指尖、头发，都好可怜。我不要死，不要。"

我百感交集，分不清是悲伤、恐惧、喜悦还是羞惭，只好把自己的脸紧贴在妹妹那瘦削的脸颊上，轻拥妹妹入怀，眼泪已流了下来。就在那时——

啊，我听到了。尽管低沉幽微，但的确是《军舰进行曲》的口哨声。妹妹也竖起了耳朵。啊，一看时钟正是六点。我们强忍着难以言喻的恐惧，用力抱在一起，一动不动地侧耳倾听那从庭院的叶樱后面传来的不可思议的进行曲。

神，是存在的。一定存在。我信了。两天后妹妹死了。医生很困惑，大约是因为妹妹走得太过安静，一下子就断了气。而我，则并不惊讶。我相信，一切都是神的安排。

如今……上了年纪，种种物欲层出不穷，教人汗颜。许是信仰也日渐淡薄的缘故，我偶尔会怀疑，当时的口哨声说不定是父亲吹的。我也想过，可能是他从学校下班回来，在隔壁房间偷听了我们的谈话，严苛的父亲不禁心生怜悯，才献上了一场精彩的告别演出。但有时我又觉得，那怎么可能呢？父亲若还在世，我自然可以找他问个清楚，但父亲去世已有十五个年头了。嗯，想必还是神的恩惠吧。

我宁愿这么相信从而得心安，却总觉得，年纪一大，物欲便随之滋生，信仰也淡薄了，不足取。

谁

耶稣和门徒前往恺撒利亚·腓立比的村庄，在路上问门徒说："世人说我是谁？"

　　门徒答："有人说是施洗的约翰，有人说是以利亚，又有人说是先知里的一位。"

　　又问："你们说我是谁？"

　　彼得答："你是基督，神之子。"

（《马可福音》第八章第二十七节）

　　真是万分危险之际。耶稣在如此苦恼的尽头迷失自我，过分不安之余向无知文盲的门徒问了"我是谁"这样怪异的问题，想从他们给出的答案中找到方向。但是，彼得相信了，过于正直地相信了耶稣是神之子这件事，所以才心平气和地作答。耶稣在门徒那里受教，越发知晓自身的宿命了。

　　在二十世纪的笨蛋作家身上也能找到与此相似的回忆，但是结果却天差地别。

在一个秋天的夜晚，作家和学生们去井之头公园，在途中问学生说："世人说我是谁？"学生回答说："有人说是伪君子，有人说是骗子，又有人说是冒失鬼，还有人说是酒后乱性者。"作家又问："你们说我是谁？"一个留级生回答说："你是撒旦，恶灵之子。"他很吃惊地说："再见了，就此别过。"

我和学生们分别后回到家，心里想着"你们真是说得太过分了"，心中完全不能平静。但是于我而言，完全不能否定那个留级生的惊人发言。那个时期的我，完全迷失自己了，不知道自己是谁。什么是什么，完全变得无从知晓了。工作后拿到钱了就去玩，钱花光了再去工作，挣到一点钱就再去玩。这天晚上我突然意识到我一直在重复着这样的事情，不寒而栗。我究竟觉得自己是个什么东西呢！这完全不是人的生活。我连家庭都没有，三鹰的这个小家是我的工作场所。在这里暂时闭门不出完成一件工作后，我会匆匆忙忙撤离三鹰，起程逃走，踏上旅途。但是，即便踏上旅途，我也是在哪里都没有家。到处闲荡，然后尽是考虑三鹰的事，但一回到三鹰，就马上再次憧憬起他乡来了。工作场所让人感到受拘束，但旅行又让人心生不安。我光是在彷徨了。到底事情要变成什么样？我活得真不像个人。

"光说令人生气的话！"我随意躺下，打开报纸看着，因为无论如何都觉得可气，于是为了让隔壁正在做缝纫的家里人听到，故意用很大的声音说了，"太过分了，浑蛋！"

"什么事呀？"家里人上钩了，"今天回来得好像挺早的呢。"

"是很早啊。已经不能再和那帮家伙打交道了。说得太过分了，伊村那家伙竟然说我是撒旦。什么嘛，那家伙明明都已经连续留级两年了，按理说我的事不是他能品头论足的，太失礼了。"有点像在别处被打了回到家告状的胆小孩子。

"是因为你光纵容他了哟。"家里人用似乎很愉快的腔调说道，"你任何时候都是纵容大家，这样是不行的。"

"这样啊。"真是意外的忠告，"可不能说这么没趣的话啊。虽然看起来像是对他们纵容，但是对我来说也是好好考虑过才做的事情。没想过从你那里听到这样的意见，果然，你也觉得我是撒旦吧。"

"嘛……"家人变得静悄悄的，似乎开始在认真思考了，过了一会儿说，"你呀……"

"啊，说给我听吧，说什么都行，想到什么说什么。"我以十分接近"大"字的姿势躺在榻榻米上。

"你是个懒汉。只有这一点是可以肯定的。"

"这样啊！"一点都不好，但似乎比撒旦稍强一点，"所以并不是撒旦呢。"

"但是，懒惰过度的话，会慢慢变得看起来像撒旦的哟。"

根据某个神学家的学说，撒旦原本是天使，天使堕落后变成了撒旦，是这样一回事，但我总觉得这样的说法太轻巧了。撒旦跟天使是同族这样的事，是危险的想法。把撒旦想象成可爱的河童一样的存在，我怎么也做不到。

撒旦是即使和神战斗也绝不会输的强悍凶猛的大魔王。说我是撒旦什么的，伊村君也是说了荒唐的话。但是被伊村那样说了以后，不知怎的，之后一个月左右，我果然非常在意，调查了种种关于撒旦的各家学说，真的想把我不是撒旦的反证给掌握住。

撒旦虽然通常被翻译成恶魔，但是据说是从希伯来语的"撒阿旦"或者阿拉米语的"撒阿旦""撒旦那"起源的。因为我是希伯来语和阿拉米语白痴，是连英语都不能完整阅读的不爱学习的人，所以谈论这样学术的事情太难为情了。撒旦的原意，虽然不是完全清楚，据希腊语理解是"魔鬼"，大概是"告密者""反抗者"之类的意思，希腊语翻译成"魔鬼"就是这个原因。把查辞典刚刚才知道的事扬扬得意地说成像是自己的知识一样，太让人心里不安了。但是，为了证明自己不是撒旦，就算讨厌，我也必须再稍微说一下。总之，"撒旦"这个词最初的意思似乎是指在神和人之间泼水，使他们不快，然后离间二者的人。在旧约时代，撒旦还没有作为神的强有力的对立者出现。某位外国的神学家，就旧约以后撒旦思想的进展做了如下报告："犹太人在波斯长久居住期间知道了新的宗教组织。波斯人信仰名为扎拉·图斯特拉或称为琐罗亚斯德这位伟大教祖的学说。扎拉·图斯特拉认为一切人生都是善与恶之间不断发生的斗争，这对于犹太人来说完全是新的思想，在那之前他们只认可被称为万物唯一的主——耶和华。事物时而变坏，时而在战斗中败北，时而疾病缠身，他们势必认定这样的不幸完全是因为自己的信仰不足所导致的。他们只是惧怕耶和华。他们过去没有'罪是恶灵单独诱惑的后果'这样的想法。在他们的眼里，伊甸园里的蛇尚且没有擅自违背神意的亚当和夏娃可恶。但是，受扎拉·图斯特拉教义的影响，犹太人现在也开始相信有另外一个恶灵存在，其想要颠覆耶和华所创造的一切的善。

他们给那个灵取名为耶和华的敌人，也就是撒旦。有这样简明的传说。撒旦渐渐开始作为强悍凶猛的灵而登场了。随后，新约时代来临，撒旦坦荡地与神对立起来，尽情地掀起惊涛骇浪。在《新约圣经》里，对撒旦有以下这些形形色色的称呼。说起来日本歌舞伎好像一般会形容恶徒"有一个诨名"，但是撒旦的诨名绝对连两三个都不止：魔鬼、恶魔、堕天使、恶鬼之首、当世之君、当世之神、控诉者、试验者、恶棍、杀人犯、虚伪的父亲、死者、敌人、大龙、古老的蛇，等等。

以下是日本唯一一位值得信任的神学家塚本虎二的学说：
"即便只是根据名称，也能大致推测出，新约中的撒旦在某种
意思层面上与神对立着。也就是说，拥有并支配一个王国，和
神一样拥有仆人，把其他恶鬼当作他的手下。那个国家在什么
地方还不明确，似乎是在天地中间①，或者天在的地方②，或者
地底③。总之，他支配着这里的人间，尽全力对人类施之以恶。
他支配人们，人们生来便在他的权威之下。因为这个原因他被称
为'当世之君''当世之神'，他掌握了各国所有的权威与荣华。"

因此，在这里，那个留级生伊村君的学说被驳得体无完肤
了。伊村的学说也被证明是彻头彻尾的谬论。那是个谎言。我，
不是撒旦。虽说是奇怪的说法，但我不如撒旦般伟大。传说作
为"当世之君""当世之神"的他拥有各国全部的权威与荣华，
这是没法想象的。我在三鹰脏兮兮的关东煮店里都会被轻视，
哪里谈得上是权威，甚至被店里的女服务员斥责，我都会不知
所措。我不是撒旦那种级别的大人物。

正当我放心地舒了一口长气的时候，又有其他意外的不安
涌上了心头。为什么伊村君会说我是撒旦呢？总不至于是想说

---

① 《以弗所书》第二章第二节。
② 同一书第六章第十二节。
③ 《默示》第九章十一节、第二十章第一节以后。

我是一个大好人，才说的"你是撒旦"吧？毫无疑问，他想说我是坏人，但是，我绝对不是撒旦，我不拥有人间的权威，也没有荣华。伊村君说错了。不会有错，因为他是留级生且不勤于学习，所以他完全不知道"撒旦"这个词真正的意思，只是想表达"坏人"的意思而使用了这个词。

对于"我是坏人吗"这件事，我还没有斩钉截铁否定的自信。即使不是撒旦，在他的手下里肯定也有恶鬼这样的存在。可能伊村君是想说我是身为仆人的恶鬼，但遗憾的是由于他的无知把我说成了撒旦。根据《圣经辞典》所述，"恶鬼是迎合撒旦并与之一同堕落的灵物，让人们因怨恨而变得污浊，其内心坚强，数量众多"。太令人生厌了。怒吼着"吾名军团，因吾等众多"而被基督训斥，慌慌张张地乘着两千头的猪群跌跌撞撞地迁移，如同逃走一般，从悬崖掉落到海里淹死的，也是这些家伙。没出息的家伙。实在是像！太像了！说到追随撒旦这点，不就很像了吗？我的不安到了极点。我详细地回想了自己三十三年的人生，遗憾的是，真的有，我有一个时期奉迎过撒旦。而且想起来的时候，我无地自容，跑到了一个前辈的住处。

"说起来可能有点意外，五六年前我应该向你写过一封提出要借钱的信，现在你还留着那封信吗？"

前辈立刻回答道："留着。"直勾勾地看着我的脸，然后笑了，"你似乎也慢慢开始在意起那封信来了呢。我还想着要是你变成有钱人了，我就拿着这封信去找你恐吓你呢。真是封糟糕的信啊，满纸谎言。"

"我知道呀。我想看看那个谎言是巧妙到何种程度的谎言，把信给我看一下，一下就好。没事，我不会像鬼怪之手那样拿着逃跑的，看一下之后马上还给你。"

前辈边笑边拿出文卷匣，寻找片刻之后，将一封信递给了我。

"恐吓是开玩笑的，以后注意点。"

"我知道。"

下面是信的全文。

——〇〇吾兄。这是我生平里唯一一次有求于你。我想尽了各种办法，但还是没有好的方法，有五六次我拿出信纸，然后又收回，终于还是写了。请体谅我这样的心情。这个月底一定肯定能归还，所以能从××家那一圈借我二十元吗，如果实在不行就借十元。绝对不会给兄长你添麻烦。就以"太宰现在有点不顺，手头有点紧"为由借给我。三月末肯定能归还。把钱寄给我，或者兄长自己游玩的时候顺便带过来的话，就更令人高兴了。厚脸皮、任性、随便、傲慢、没出息——我有什么样的指责都心甘情愿地接受的觉悟。我现在工作着，要是能完成这项工作的话，就能挣到钱。早一天借给我就能早一天得救，二十号就需要。晚了的话，我这边也能筹到钱了。还请万般体谅，拜托你了。没有在信里解释的气力了。详情见面之时再告知。三月十九日。治敬上。

令人意外的是，前辈在这封信的有些地方用红笔写下了评论，括号里的就是那位前辈的评论。

　　——〇〇吾兄。这是我生平里唯一一次（**人不论什么样的行为都是人生仅一次的**）有求于你。我想尽了各种办法（**首先向三四个人寄出了吗？**），但还是没有好的方法，有五六次我拿出信纸，然后又收回（**这部分不真实**），终于还是写了。请体谅我这样的心情（**体谅了，但是有点奇怪**）。这个月底一定肯定能归还，所以能从××家那一圈（**"那一圈"，真是奇怪的用语**）借我二十元吗，如果实在不行就借十元。绝对不会给兄长你添麻烦（**这一部分也不真实，并且，不能作指望**）。就以"太宰现在有点不顺，手头有点紧"为由（**"为由"，既是奇怪用语，又无礼**）借给我。三

101

月末肯定能归还。把钱寄给我，或者兄长自己游玩的时候顺便带过来的话（他自己好像一点想动的打算都没有，这样就更失礼了），就更令人高兴（"高兴"是真实的，他都会安心下来）了。厚脸皮、任性、随便、傲慢、没出息——我有什么样的指责都心甘情愿地接受的觉悟（只要有觉悟就行了，他很了解自己，但是，也只是了解）。我现在工作着，要是能完成这项工作的话（对这部分表示同情），就能挣到钱。早一天借给我就能早一天得救，二十号（天数上估计有夸张的成分，需要注意）就需要。晚了的话，我这边也能筹到钱了（只是伪装，也未免欺人太甚）。还请万般体谅，拜托你了。没有在信里解释的气力了（像是新派悲剧的台词，当人是傻子）。详情见面之时再告知。三月十九日。治敬上（这借钱的信可以认为是拙劣至极。总之，可以认为一丁点的诚意都没有，通篇谎言）。

"这真是太过分了。"我想都没想发出了叹气声。

"过分吗？应该是惊讶才对吧。"

"不是，你的红笔才过分。我的文章，没有到你想象的那个程度。虽然会有一种尽情地将狡黠发挥到极致写出来的感觉，现在读来竟感觉意想不到的正经，都有点扫兴了。首先，被你

102

这样看穿，这样、这样……"本来想说没有傻子一样的恶鬼，但是没有说出口。因为我想，可能在哪个地方，我仍然在欺骗着这个前辈吧。我说话一停下来，前辈就说着"哪里、哪里？"从我手里拿走了信纸，"因为是过去的事，有什么不满已经忘记了"，一边嘟囔一边读信的过程中，他忍不住笑出来了，说："你真是个笨蛋呢。"

笨蛋，我被这个词拯救了。我，不是撒旦，也不是恶鬼，而是笨蛋，是笨蛋这种存在。稍微想想的话，我的坏事似乎基本上都一件接一件地被大家看破，让大家惊讶、哂笑。无论如何也做不到完美地蒙混过关，都露出马脚了。

"我被某个学生说成是撒旦了。"我心情稍做轻松，将事情的缘由坦率地说了出来，"很气愤，又毫无办法，所以做了各种各样的研究，恶魔、恶鬼什么的，究竟真的存在于世间吗？依我来看，人们看起来都是善良又弱小的。我做不到去责备他人的过错。我觉得这是理所当然的。我没见过打心底里就坏的人。大家不都是相似的吗？"

"你身上有恶魔的特质，对普通的恶不会感到惊讶。"前辈一副冷静的神色说道，"从大坏蛋的角度看，这个世间的人们都是些天真的窝囊废。"

我的心情再次变得暗淡起来。这样是不行的。被"笨蛋"所拯救，心情变好后又发现，事情变得更糟糕了。

"这样啊。"我怨恨地说道,"那么,果然你也完全不信任我。就是这回事吧。"

前辈笑出声来。

"别生气呀。你不能马上就动怒。你现在做不到去责备别人的过错什么的,说着像基督一样崇高的话,所以我稍微试着说了一点令人不快的话。你虽然说没见过打心底里就坏的人,但是我见过。是两三年前在报纸上读到的事,有一个往邮筒里投入燃着的火柴,让邮筒里的邮件燃烧就很高兴的男人。他不是疯子,那只是他毫无目的的游戏。日复一日到处去焚烧邮筒里的邮件。"

"太过分了。"那家伙,就是恶魔,毫无同情的余地。他是个打心底里就坏的家伙。要是找到那样的家伙的话,就连我也能狠狠地揍他一顿。要给他施以死刑以上的刑罚。那家伙,就是恶魔。和他的所作所为相比,我果然就只是个"笨蛋"呀。

到此为止,问题解决了。我看到了这个世间的恶魔,那家伙和我是完全不一样的存在,我既不是恶魔也不是恶鬼。啊,前辈告诉了我好的事情,我对他非常感谢,接下来的四五天胸中都非常爽朗,但是,再一次,又不行了。最终,前几天,我又被称作"恶魔",这将会是纠缠我一辈子的想法吗?

我的小说过去绝对没有女性读者,但是从今年九月开始,每天我都会从一个女人那里收到信。那个人是个病人,好像一直在住院。为了排遣无聊，用像写日记一样的心情每天给我写信。看样子渐渐变得没有要写的事情，开始说下次想要见我。她说了"请来医院"。我考虑了一下，我不太想把我的容貌和装束给女人看，肯定会受到轻蔑。特别是拙劣的对话技巧，让自己都感到吃惊，还是不要见的好。我搁置下了回复，放在一边。然后她改成给家里人寄信了。因为对方是病人的原因，家里人的态度很宽容，说："去看看她吧。"我考虑了两三天。那个女人一定是做了很美妙的梦。看到我红黑色的奇怪的脸庞的话，她可能会过于苦闷而死。即使不会苦闷而死，病情也会变严重，这是再明白不过的事。如果可以的话我想戴上口罩去会面。

　　女人的信连续不断地寄来。老实说，我不知什么时候开始感受到了对那个人的爱情。终究，前些天我身穿最好的和服造访了医院，紧张到死。我想着，就站在病房的门口，说些"请保重身体"之类的话，开朗地笑着，然后直接离开吧。那样能给她留下最好的印象吧。我按照那样实行了。病房里有三株菊花，女人美到让人惊艳，蓝色的毛巾料睡衣的外面披着绢绸的外褂，坐在病床上笑着，一点都没有病人的感觉。

　　说着"请保重身体"，我也想打起十二分精神展现最美的笑脸。这样就好，长久不知所措的话会残酷伤害到对方的。我快速地离开了，回去的路上觉得这真无聊，怜悯对方的梦真是一件寂寞的事。

第二天，信来了：

　　出生之后的二十三年里，从没蒙受过今天这样的
耻辱。我是怀着一种什么样的心情在等待着你，你知
道吗？你一看到我的脸，马上就转身回去了。你对我
寒碜的病房和脏兮兮且丑陋的病态感到幻灭，一言不
发就回去了。你把我视作抹布一般轻侮了我。（中略）
你就是个恶魔！

故事到此结束。

（朱航　译）

耻

菊子小姐，我真的是丢脸了，真是丢大脸了。脸上冒火这种说法都不够彻底，说是想在草原上翻滚个遍，哇的一声叫出来这样也不够。《旧约圣经·撒母耳记·子》里这样写着："他玛把灰蒙在自己的脑袋上，撕裂自己的彩袍，抱头大喊而去。"可爱的妹妹玛尔塔。年轻的女孩子，害臊到无可救药的时候，真的想要把灰盖在头上大哭一场呢。他玛的心情我可以理解。

　　菊子小姐，就像你说的那样，小说家，就是废物。不是，是恶鬼。真的是太不像样了。我真是丢大脸了。我有一个一直以来瞒着你的秘密，我偷偷给小说家户田先生写信了，然后终于还是丢大脸了，真倒霉。

　　从头开始，一五一十告诉你吧。九月初的时候，我给户田先生写了这样的信，非常装模作样的一封信。

　　真的是非常抱歉，虽然知道这很不合乎常理，但还是给阁下写了这封信。恐怕您小说的读者里，没有一位女读者吧。女人都喜欢读通篇广告的书，没有自己的爱好。"因为别人读，所以我也来读"——在这种虚荣心的驱使下去读书。对于知识渊博的人会过分尊敬，过于相信无聊的理论。

虽然这样说很失礼，但是阁下一点儿也不懂这些所谓的理论，也似乎没有什么学问的样子。我从去年开始读您的小说，基本上全部都读了。因此就算没有见到您，却已经了解了阁下的日常生活、容貌、仪表等所有一切。我也很有把握，您确实没有一个女读者。

阁下把自己的贫寒、吝啬、寒碜的夫妇吵架、不雅的疾病，还有您长得很丑、不修边幅、咬着鱿鱼丝喝着烧酒胡闹，还睡在地上的事，借了很多外债的事，还有其他很多不体面、卑鄙无耻的事，都一点儿不加修饰地广而告之。那样是不成的。女人本能地都很尊重清洁感。

读阁下的小说，就算觉得你有点可怜，读到您的头顶开始秃了，牙齿也开始掉得稀疏等太过糟糕的描述，也还是忍不住苦笑。非常抱歉，我只会变得想轻视您。而且您还会去那些难以启齿的不干净的地方见那些女人，不是吗？那个简直是决定性的因素了。就算是我，也有捏着鼻子读的时候。

女人们一个不剩地都轻视您、嫌弃您也是理所应当的。我是背着朋友们读您的小说的。如果我读您的小说这件事被朋友们知道了，那一定会被嘲笑、被怀疑人格，甚至和我绝交吧。也请阁下稍稍反省一下吧。

我接受您的没文化，或者文章的拙劣，或者人格的卑劣、思考的不周、头脑不清晰等等无数的缺点，也发现了您骨子里的一丝哀愁感。我非常珍惜那一丝哀愁感。其他女人是不知道的。就像我前面说的那样，女人都是在虚荣的驱使下读书，特别喜欢那些假装文雅的避暑地恋爱，或者有思想性的小说。而我不仅仅是这样，我相信你小说底部存在的某种哀愁感的珍贵。请您不要对于自身容貌的丑陋、过去的污行，还有文章的恶劣感到绝望，珍惜您独特的哀愁感，留心自己的健康，稍微学习一下哲学和语言学，深化一下您的思想吧。如果您的哀愁感，能在将来被富有哲学性地整理出来，您的小说也不会像如今这样被嘲笑，您的人格也能更加完整。等到完成的那一天，我也会把我的神秘面纱拿去，告诉您我的住所和姓名，虽然想和您见面，但是现在就止于远远地给您声援吧。先要和您讲明白，这不是粉丝来信。请不要给太太等人看了之后，开一些"我也有女粉丝了"这样粗俗的玩笑。

我是有自尊的。

　　菊子小姐，我大概就写了这样的信。说"阁下、阁下"似乎不太合适，但直接说"你"的话，我和户田先生年龄相差太大，又显得太亲密，让人讨厌。户田先生一把年纪了也不懂事，还很自我陶醉，要是让他想歪了我可就难办了。我对他也没有到喊"老师"的尊敬程度，而且户田先生一点学问都没有，称呼他为"老师"也很不自然。所以思来想去才用了"阁下"的这个称呼，但是"阁下"也很奇怪吧。不过我给他寄了这样的信，也没有什么良心上的谴责，觉得这是一件好事，能给可怜的人一点点的力量和愉悦。但是我没有在这封信上写住所和名字。你想，他要是衣冠不整地醉醺醺地来我家的话，妈妈会多惊讶呀。太可怕了。可能还会威胁我借给他钱呢，总之是个习性不太好的人，也不知道会做出什么可怕的事情。我就想做个蒙面女郎。但是，这种想法没能成。事情变得很严重。在那之后不到一个月，我不得不跟户田先生再写一次信。但这次我把我的住所和名字都明明白白地告诉他了。

　　菊子小姐，我真的是个可怜虫。把我那个时候信的内容告诉你的话，你就应该大概知道发生了什么事了，接下来我来介绍，请不要笑我。

户田先生，我吓坏了。您是怎么把我的真面目找出来的呢？是的，我的名字是和子，是教授的女儿，今年二十三岁。这些都被如此清晰地揭发出来了。我看了您这个月在《文学世界》上的新作品，目瞪口呆。小说家真的是、真的是让人不能掉以轻心。您是怎么知道的呢？而且也完全看透了我的心情，"甚至都开始放荡地空想"，像这样放出辛辣一箭，确实也是阁下令人惊讶的进步。

　　我的那封匿名信，直接拨起了您的创作欲，对我来说是很可喜的一件事。女性的支持，让您作为作家能明显振奋起来，是我没有想到过的一件事。听人说，就算是像雨果、巴尔扎克那样的大师，也都多亏了女性的保护和慰藉，才写出了众多的杰作。我也下定决心要在不接触阁下的情况下给您支持。请好好创作吧。我偶尔会给您写信的。

　　关于阁下这次的小说，确实在女性心理剖析上有略微的进步，各处都很巧妙，我很钦佩，但是也有还不够的地方。因为我自己就是年轻女性，之后也会告诉您各种各样年轻女性的心理。您将来会大有希望，作品也会越来越好。请继续多读书，提升自己的哲学素养。学识不足，就成不了伟大的小说家。有什么为难的事情，也请不要客气给我写信吧。

　　既然已经被看破了，我也就不匿名了吧。我的住所和姓名就是封皮所写的那样。请放心，这不是冒名。等到阁下完整构建了自己人格的那一天，我们就相见吧。但那之前，我们就保持书信联络，请多加忍耐。真的，这一次太震惊了。您居然知道了我的名字。一定是阁下看到我的信太为兴奋吵嚷着给朋友们都看了，然后以信的邮戳为线索，拜托了报社的朋友之类的，终于查明了我的名字。不是吗？男人一看到女人的信，就马上会大动干戈，真是令人讨厌。请在书信里告诉我您是如何知道我的名字，甚至还有我是二十三岁这件事的。永远保持通信吧。下次开始，我会写更温柔的信给您的。请多保重。

　　菊子小姐，我在誊写这封信时，好几次都咧嘴哭了，全身都沁出了汗，黏糊糊的感觉。请体谅我，是我弄错了。那篇文章不是写了我的事情，我的事情完全没有被当作是问题。啊，真的很羞耻、很羞耻。菊子小姐，请同情我吧。我给你把故事讲到最后吧。

　　你读了户田先生这个月发表在《文学世界》上的短篇小说

《七草》了吗？二十三岁的姑娘，因为太恐惧恋爱，憎恶迷恋，最终和六十岁的有钱老爷爷结婚，但因为还是觉得厌恶，最终自杀。有一点点露骨和黑暗，但户田先生的独特风格却突出出来了。我读了那篇小说，我确信这一定是以我为原型写的。为什么这么说？因为我读了两三行之后就已经意识到了，脸色一下子变得苍白。你看，那个女孩子的名字和我一样，是和子对不对？年龄也一样，是二十三岁对不对？连父亲是大学老师这一点，不也都是一模一样的吗？再然后是我的境遇，虽然完全不一样，但也准是从我的信里得到启发进行的创作没错了，不知怎的我就这么确信了。这就是丢大脸的根源。

四五天之后我收到了户田先生的明信片，那上面是这样写的。

　　敬复者。收到您的来信了。感谢您的支持。还有此前的信，我也拜读了。到今天为止，我一次都没有做过把别人的信给家人看并施以嘲笑这样失礼的事。也没有慌里慌张给朋友看过。请您放心。还有一点，您说等我的人格完整之后您再与我见面，但究竟人能不能凭借自己的力量自我完整呢？书不尽言。

果然所谓的小说家，就是会说些漂亮话呢。我觉得反被射了一箭，只觉得很不甘。我心不在焉了一天，第二天早晨，突然想见户田先生了。我必须要见他。那个人，现在一定很痛苦。如果我此刻不去见他，他说不定会堕落。他在等着我去。让我们见面吧。我赶紧开始收拾打扮。菊子小姐，拜访大杂院的贫穷作家，过分讲究的打扮行得通吗？不行的。那会是像某个贵妇团体的会员围着狐皮围巾去贫民窟视察问题的感觉吧？真的要注意打扮。根据小说上写的，户田先生连件像样的和服都没有，只有一件棉絮都溢出来的和式棉袍，家里的草席都是破的，用报纸贴满了一屋子，人就坐在报纸上面。我要是穿着前段时间新做的粉红色的裙子去那样困苦的家庭里，仿佛恶作剧似的让户田先生的家人感到落差、感到羞愧，这样就不好了。我在女校时代穿的净是补丁的裙子上搭配了以前滑雪时穿的黄色对襟毛衣。这件对襟毛衣，已经完全变小了，从手腕到大概胳膊肘这里露出一大截，袖口这里开线了，毛线也耷拉着，不管怎样是一件没什么挑剔价值的东西了。我从小说上知道，每年到了秋天，户田先生就会发作脚气、很是难受，就把床上的一张毛毯，用包袱皮抱着给他拿过去了。我想建议他可以用毛毯裹着脚工作。我瞒着妈妈，偷偷从后门出来了。菊子小姐您知道的，我的门牙有一颗是假牙，是可以摘下的，我在电车里把假牙偷偷地摘下来，特意把脸扮得很丑。户田先生，好像牙齿都一颗颗掉了，我不想让户田先生丢脸，想让他能安心，就打算

116

让他也看到我牙齿不好的地方。头发也被我抓乱了，成了个相当丑陋且寒酸的女人。想要安慰弱小的无知贫苦人，就必须要无微不至的关怀。

户田先生的家在郊外，我从省线电车下车，在派出所问了位置，还算比较轻松地找到了户田先生的家。菊子小姐，户田先生的家不是大杂院，虽然小，但很干净，是个正儿八经的独门独户。庭院也有好好地打理，秋季的蔷薇也齐放着。全都在我的意料之外。打开玄关，鞋柜的上面放着插了菊花的浅盘。一位非常从容、优雅的夫人出来向我鞠躬问好。我在想自己是不是弄错了屋子。就诚惶诚恐地问："请问这是小说家户田先生的家吗？"

"是的。"夫人温柔应答的笑容，简直太耀眼了。

"老师，"我脱口而出这个词。"请问老师在吗？"

我被领到了老师的书房。他一脸认真，正坐在桌前。不是和式棉袍儿，什么布料我不清楚，深蓝色厚布料的夹衣上，系着一条黑底上织有白色格纹的角带①。书房是茶室的感觉，壁龛里挂的是汉诗的卷轴。我一个字都读不懂。竹笼里，美丽的鸟儿活蹦乱跳。桌子旁边，高高地堆着很多书。

完全和文章里不一样。牙也没缺，头也没秃。有一张紧绷

---

① 角带：窄而硬的男式和服带子。——译者注

的脸。一点儿不干净的感觉都没有。我对于这个人会喝着烧酒、躺在地上睡觉，感到非常不可思议。

"小说给人的感觉，和见了面的感觉完全不一样。"我调整了心情之后说道。

"这样吗。"他清淡地回答道。一副对我没什么兴趣的样子。

"您是怎么知道我的事的呢？我是来问您这个的。"我说了这句话，试图掩盖刚刚说话不太尊敬的语气。

"你说的是什么？"他一点儿反应都没有。

"我明明隐瞒了名字和住所，可是全被老师识破了。前几天我给您写了信，信的最开始就已经问了这个问题了。"

"我不知道你的事，奇怪得很。"他清澈的眼睛直直地盯着我的眼睛，浅浅笑了。

"什么！"我开始感觉到难堪了，"那这样的话，我就不知道我那封信有什么意义了。您对此也默不作声，真的太过分了。是把我当傻子了吗？"

我想哭。我真是有多自以为是呀。真是乱七八糟。菊子小姐。脸上冒火这种说法都不够彻底，说是想在草原上翻滚个遍，哇的一声叫出来这样也不够。

"那这样的话，请把我的信还给我。真的是太羞耻了，请还给我。"

户田先生一脸认真地点了头。也许生气了。或许为这个过

118

分的家伙感到吃惊了吧。

"我来找找看吧。也不是把每一封信都一一保存着的。可能已经弄丢了。之后让家里人找找看。如果找到了就送到您那里。两封信对吧？"

"两封。"心情悲惨。

"不知怎么我的小说和你的经历很相似，不过我绝对不会在小说里使用原型人物，全部都是虚构的。首先你最开始的一封信就……"他突然沉默，垂下头来。

"失礼了。"我就是个缺牙的寒酸叫花子。过小的对襟毛衣的袖口都开线了。深蓝色的裙子还满是补丁。我从头皮到脚趾都在被人轻视。小说家是恶魔！是骗子！明明不穷却装作赤贫的样子。明明一脸气派，却说自己相貌丑陋博取同情。明明用功学习，却装傻说自己没有学识。明明爱着太太，却宣扬夫妇之间每天都在吵架。一点儿都不痛苦，却给人做出痛苦的姿态。我被骗了。我沉默着鞠了躬，站起来，问道："您的病，怎么样了呢？脚气病之类的。"

"我很健康。"

我为了这个人把毛毯都带来了。再带回去吧。菊子小姐，因为太羞耻了，我抱着毛毯回去的途中，把脸埋在毛毯的包袱皮里哭了，还被汽车司机骂道："混账东西，看着路走！"

过了两三天，我的两封信被放在大信封里用挂号信的形式寄来了。我还怀抱着一缕希望，想着有没有可能，老师会给我写下一些能拯救我的羞耻的佳言送给我呢。我抱着信封，然后祈祷着，结果开封之后，希望落空。除了我的两封信，其他什么都没有。有没有可能在我的信的信纸背后，信手涂鸦似的写一些感想呢，我一张一张地查看信纸的正反两面。太羞耻了，您知道吗？我从头到脚都想被灰尘盖住，感觉人一下子老了十岁。小说家什么的，真的是太无聊了。窝囊废，写的全是假话，一点都不浪漫。冷淡地对待普通家庭出身的、打扮得脏兮兮的、少了门牙的姑娘，轻视她，连目送也没有，一直都是一副事不关己、满不在乎的样子。这样，不就是大骗子吗？

（朱航　译）

八
十
八
夜

认命吧，我的心，
去做你的畜生大梦吧。（C.B ①）

---

① 查尔斯·皮埃尔·波德莱尔（Charles Pierre Baudelaire，1821–1867），法国现代派诗人。代表作有《恶之花》等。——译者注

笠井一是一名作家，穷得厉害。最近，他极努力地在写通俗小说，却一点也富不起来。痛苦。挣扎着挣扎着，他渐渐成了老糊涂，现在什么都不知道。不，毕竟是笠井，说他什么都不知道，也不妥当。有一件事是知道的。他只知道，前路未卜。除此之外，便什么都不知道。猛然醒过神来，如坠五里雾中。这里是山间、原野还是街头？连自己身在何方都不知道，只能切肤地感到身周是令人毛骨悚然的杀气，总之不前进是不行的。他只看得见前方一寸远，便小心翼翼、一寸一寸地前进，但什么都不知道。不甘服输，奋力抗争，又小心地前进一寸。什么都不知道。反复驱走恐惧，强作粗狂无畏之态，再度前进一寸。这究竟是哪里，四下阒然无声。笠井便曾置身于这般无限静寂的黑暗之中。

　　必须前进。即使什么都不知道，也须行动起来，不停地前进，哪怕只挪出一寸、半寸也好。倘袖手垂头，茫然伫立，听

123

任怀疑和倦怠袭上身来，只一瞬间，头上便将遭铁锤重击，周围的杀气齐齐涌至，身体恐怕眨眼之间就会变成蜂窝。由不得笠井不做此想。故而，笠井才小心翼翼地奋力鼓勇，挥汗如雨，在黑暗中一寸一寸地前进。十天、三个月、一年、两年，笠井就这样不停地前进着。他活在彻底的黑暗中。必须前进。不想死就必须前进。屁话一样。笠井也实在受够了。说他走投无路，不太恰当，他能前进，也活得下去。便是彻底的黑暗，前方一寸远也还看得见。只前进一寸，并无危险。只要一寸一寸地前进，就不会错。他以为，这是确凿无疑的。然而，这始终一成不变、无边无垠的漆黑景象，又是怎么回事呢。嘿，绝无丝毫变化，光自不必说，连暴风雨也无。就在笠井于黑暗中不停摸索，一寸一寸地像条毛虫般前进的过程中，他静静地意识到了自己的疯狂。这可不行。这条路也许直通向断头台。如此步步前行，岂非走进了一条终将自取灭亡的心酸之谷吗？啊，不如大声叫喊？然而可悲的是，自卑太久的笠井，已忘记如何发出自己的声音。叫声出不来。试着跑起来呢？被杀死也不在乎。人为何必须活着？这样朴素的命题，也突然浮现起来，现下，这黑暗中的寸步之行已教人精疲力竭，遂在五月初，带着手头的钱，笠井踏上了旅途。

　　这次逃亡若是错的，就杀了我。纵然被杀，我大

概也会面带微笑。此时此地，斩断忍从之锁，为此纵
然堕入再悲惨的地狱，我亦无悔。受够了，我已再不
能卑躬屈膝。自由！

于是，笠井开始了他的旅程。

为何选择信州？因为不知道别的去处。在信州，在汤河
原①，各有一个女人是笠井认识的。说是认识，但没睡过，只
知道名字而已。二女都是旅馆的女佣，无论信州的，还是伊豆
的，俱谦恭乖巧，许多事都令不善言辞的笠井心怀感激。汤河
原，已有三年不曾去了。如今，那人或许早已不在那家旅馆，
倘如此，则去了也毫无意义。而信州，上诹访的温泉，笠井去
年秋天还为收拾笔下的烂摊子，去那里待过五六天，得了她的
照顾。她一定还在那家旅馆做工。

　　我想做出格的事。我下定决心，要尝试去做出格
的事。古板如我，亦当尚有浪漫主义残存于心。

笠井今年三十五岁，却头发稀疏，牙齿残缺，怎么看都像
个四十多岁的人。为妻儿，多少也为世俗的虚荣，他明明什么

———————————

①　地处伊豆半岛。——译者注

都不懂，却仍拼命写作赚钱，在不知不觉中老去了。作家同侪们一致认定，笠井是一位品行端正的绅士。事实上，笠井是个好丈夫、好父亲。天生的懦弱和过强的责任感，使笠井坚守着所谓良人的贞操。不善言辞，行动极其迟钝，这都令他死心认命。但现在，他已不堪忍受那个讨厌的自己，终于爆发，踏上旅途，下定决心去做出格的事。给我光明。

他特意买了去下诹访的车票。他可不想一出家门就直奔上诹访，目不旁顾地冲进那家旅馆，气喘吁吁地问那人在吗，那人在吗。如此大张旗鼓，为他所不喜。下诹访离上诹访近在咫尺，笠井从没去过，可他偏是造作肤浅的心态，打算在那里下车看看，若是还好，便住上一晚，然后再稍微绕点弯路，去上诹访的那家旅馆。也是害羞使然。

坐的是火车。无论原野，还是田地，那绿色都仿佛洋溢着熟透了的香蕉般的酸味，春意浓郁，水绵泛滥，脏兮兮地融成一片，好似烂泥。在这个季节，一切都散发出黏腻呛人的气味。

火车上的笠井，无端端悲从中来。救救我吧。一点没开玩笑，他是仰面朝天悄声念出如此夸张之语的。口袋里有五十圆出头。

"安德烈·德尔·萨托①的……"

---

① 安德烈·德尔·萨托（Andrea del Sarto，1486—1530），文艺复兴时期意大利画家。代表作有《阿庇埃圣母》等。——译者注

有人突然用大得出奇的嗓门说道。笠井回头看去，见有两个穿登山服的青年，和三个同样打扮的少女。方才大声说话之人，是一个头戴贝雷帽的俊美青年，似是这伙人的头领。他皮肤晒得微黑，尽管衣着时髦，却难掩粗俗之气。

安德烈·德尔·萨托。笠井悄然默念这名字，不禁心慌意乱。什么都想不起来。忘记了。好像很久以前，曾几何时，他和朋友就这个名字讨论了一夜，他觉得这确实就是他们谈论的那人，可现在什么都不知道。记忆并未复苏。太过分了。怎会忘得如此一干二净。他大吃了一惊。安德烈·德尔·萨托。想不起来。究竟是什么人？不知道。曾几何时，笠井确实写过关于此人的随笔。忘记了。想不起来。勃朗宁①……缪塞②……笠井扭动身子，绞尽脑汁，试图循着记忆的藤蔓，寻到那人的肖像，恍然大悟"啊，原来是他呀"，以令自己心安，然而没用。他是哪个国家的人，哪个时代的人，眼下想不起来也无所谓，笠井只想再次抓住曾寄托在他身上的共鸣，作为当下的实感，仅此而已，却怎么也做不到。浦岛太郎。蓦然回过神来，已成白发老人。遥远。同安德烈·德尔·萨托再无相见之期。他已然到地平线的另一边去了。云烟模糊。

① 罗伯特·勃朗宁（Robert Browning，1812—1889），英国诗人、剧作家。代表作有《戏剧抒情诗》《剧中人物》《指环与书》等。——译者注
② 阿尔弗雷德·德·缪塞（Alfred de Musset，1810—1857），法国浪漫主义诗人、小说家、剧作家。代表作有长诗《罗拉》、组诗《四夜》等。——译者注

"亨利·贝克[①]的……"身后的青年又说道。笠井闻言，脸又红了。他不知道。亨利·贝克是谁？笠井确实觉得，自己曾说起并写下过这个名字。不知道。波托·里什[②]。杰拉迪[③]。不对，不对。亨利·贝克……这是谁呢。小说家？莫非是个画家？委拉斯开兹[④]。不是。怎会想到委拉斯开兹呢，太离谱了。有这个人吗？当真是画家？好像统统变得没把握了。亨利·贝克。咦？不知道。和爱伦堡[⑤]不是同一个人吗？开什么玩笑。阿列克谢耶夫[⑥]。不是俄罗斯人哟。荒谬。奈瓦尔[⑦]。凯勒[⑧]。施托

---

① 亨利·贝克（Henry Becque，1837—1899），法国自然主义剧作家。代表作有《乌鸦》《巴黎妇女》等。——译者注
② 乔治·德·波托·里什（Georges de Porto-Riche，1849—1930），法国剧作家。代表作有《恋爱的女人》等。——译者注
③ 保罗·杰拉迪（Paul Géraldy，1885—1983），法国诗人、剧作家。代表作有《你和我》等。——译者注
④ 迭戈·罗德里格斯·德·席尔瓦·委拉斯开兹（Diego Rodríguez de Silva y Velázquez，1599—1660），巴洛克时期西班牙画家。代表作有《勃列达的受降》《宫娥》《纺织女》等。——译者注
⑤ 伊利亚·爱伦堡（Ilya Grigoryevich Ehrenburg，1891—1967），苏联作家。代表作有《解冻》《人·岁月·生活》等。——译者注
⑥ 或指叶夫根尼·伊万诺维奇·阿列克谢耶夫（Yevgeni Ivanovich Alekseyev，1843—1917），俄罗斯帝国海军将领，曾参与镇压义和团。日俄战争期间任俄军远东总司令，其无能是俄军战败的原因之一。——译者注
⑦ 钱拉·德·奈瓦尔（Gérard de Nerval，1808—1855），法国浪漫主义诗人、作家。代表作有《幻象集》《西尔薇》《奥蕾莉娅》等。——译者注
⑧ 海伦·亚当斯·凯勒（Helen Adams Keller，1880—1968），美国残疾教育家、作家。——译者注

姆①。梅瑞狄斯②。在说什么呀。啊，对了，迪尔菲③。不对，迪尔菲是谁？

什么都不知道。统统乱七八糟，四分五裂。各种各样的名字，毫无关联地突然浮现心头，凌乱地飘来荡去，然而如此众多的名字，却不能让笠井鲜明地回忆起一个实体来，当前乱象的制造者，可不止安德烈·德尔·萨托和亨利·贝克这两个名字。什么都不知道。脱口而出的以前那些老师的名字，皆无嗅无味无色，"似乎听说过这个名字呀，这是谁呢。"笠井只是茫然地如此重复着。

这两三年来，你到底在做什么？活着。这我知道。不，仅仅活着就已精疲力竭。我记住了一些生活的道理。每天努力营生，就像努力将一根弯钉子瓣直。因为是小钉子，所以用不上力，可想把弯的瓣直，需要施加相当大的压力，因而在旁人看来，一点也不利索，磨磨蹭蹭，却也满脸通红，铆足了劲。

---

① 汉斯·泰奥多尔·沃特森·施托姆（Hans Theodor Woldsen Storm，1817—1888），德国小说家、诗人。代表作有《茵梦湖》《白马骑士》等。——译者注
② 乔治·梅瑞狄斯（George Meredith，1828—1909），英国小说家、诗人。代表作有《利己主义者》等。——译者注
③ 奥诺雷·迪尔菲（Honoré d'Urfé，1567—1625），法国小说家。代表作有《阿斯特蕾》等。——译者注

就这样，笠井不断地写着连自己都觉得不怎么样的小说，全然忘记了文学。老糊涂了。偶尔只偷偷地读契诃夫[①]。当那根弯得厉害的铁钉一点一点地变得笔直，欠款也还得差不多了，笠井却抛下一句"随便怎样吧！"，含泪放弃了迄今为止那微薄而不懈的努力，疯狂地冲出家门，豁出命来踏上了旅途。已经受够了。忍耐也是有限度的，再也忍无可忍了。笠井是个没用的人。

"呀，是八岳。这可是有名的高山。"

后面那一伙人照旧扯着大嗓门。

"好壮观啊。"

"真庄严啊。"

那群青年、少女对山岳的伟容交口赞叹。

那不是八岳，是驹岳。笠井暂时松了口气。即使不知道亨利·贝克，即使想不起安德烈·德尔·萨托，笠井至少知道那座呈锐角三角形、本是银色而此刻在夕照下闪耀着玫瑰色光芒的山的名字。那是驹岳，绝非八岳。尽管这是一种寒酸愚蠢的骄傲，笠井仍生出一丝优越感，松了口气。他抬起屁股刚要起身，打算告诉对方，但还是克制住了。那伙人说不定是杂志社或报社的。从谈话的内容来看，可不是对文学漠不关心之人。

---

① 安东·巴普洛维奇·契诃夫（Anton Pavlovich Chekhov, 1860—1904），俄国作家、剧作家。代表作有《套中人》《变色龙》等。——译者注

也许是剧团成员，抑或是高级读者。不管怎么说，笠井的名字，他们应该是知道的。大摇大摆地去找那些人，就好像要推销自己那不郎不秀的名字，很没意思。定会遭到轻蔑，必须谨慎行事。笠井叹了口气，又仰头望向窗外的驹岳。

> 还是觉得可恶。啧，活该。又是亨利·贝克，又是安德烈·德尔·萨托，纵然言谈如此傲慢，却把驹岳当成八岳，还说什么庄严。我告诉你们，八岳还得再往信浓方向深入，在另一侧才看得见呢。笑死人了。这是驹岳，别名甲斐驹，海拔二千九百六十六米。

他在心底悄声嘟哝着这些近似呵斥的话，好似放连珠炮一般，但连他自己也不觉得光荣。低俗、寒酸，毫无文学性的高尚。笠井不禁苦笑，打心眼儿里纳闷。别看笠井现在如此落魄，直到五六年前，他还作为文风新颖的作家，得到两三位前辈的支持，读者也视他为叛逆、时髦的作家而纷纷喝彩，但现在显然不行了。那种冒险的时髦文风，实在令人尴尬，惹人生厌，教人完全高兴不起来。于是，他散漫地写着颇昧良心、目光短浅的作品，只顾着在页数上讨价还价，便是如此活过来的。艺术上的良心，终究只是虚荣的别名，是浅薄、冰冷、残酷的利己主义。唯有为了生活的工作，其中才存在爱。那是陋巷里谨小慎微、令人怀念的爱。笠井一面嘟哝着这样的借口，一面闭眼乱写一气，并将这些相当敷衍、荒唐的作品发表了。他说，这是对生活的殉爱。然而，最近，不，并非如此。**你终究变卑鄙了。真狡猾。**那些低声细语悄然潜入耳中，笠井顿时变得认真起来了。艺术的尊严、对自我的忠诚，这些严厉的话语，一点一点地被记起，这到底是怎么回事。一言以蔽之：笠井最近甚至在通俗之路上也行不通了。

　　火车走得慢吞吞。开始爬山了。实在太慢，下车步行似还更快些。八岳的全貌眼看着展露无遗，八座山峰在列车北侧一字排开。笠井目光炯炯地仰望。果然是好山。时近日暮，群峰沐浴余晖，泛着幽光，线条起伏和缓流畅，恬然无滞，有着人生般的温柔。笠井觉得，比起富士山那旁若无人的秀拔，八岳要胜过数倍。二千八百九十九米。笠井最近对山的高度、城市的人口、鲷鱼的价格等数字格外在意，并且记得清清楚楚。这类调查记录、写实数据，笠井原本是极端轻视的，甚至曾将花、鸟、树木之名视作俗事，漠不关心，无动于衷，一味柏拉图式地，悄然爱着自己那疏远一切的姿态，甚至自以为高尚，沉浸在甜蜜的骄傲里，但近些时日，他像变了一个人似的。他会向妻子一一询问餐桌上的鱼的价格，如饥似渴地阅读报纸的政治专栏，摊开中国地图，状似仔细地研究一番，自顾自地颔首称许，还在庭院里种植西红柿，摆弄牵牛花花盆，甚至在余暇时翻看百花谱、动物图鉴、日本地理风俗大系等书册，毫无意义地调查路边花草的名称、飞来庭院玩耍的小鸟的名字，乃至日本的名胜古迹，然后扬扬自得，趾高气扬。任何的放纵都不见了，勇气也没了。毫无疑问，这不正是年老昏聩之态吗，同隐居的老叟无异。

此刻，笠井也只是怔怔地眺望着八岳的威容。啊，这山真不错。他佝偻着身子，下巴突出，愁眉不展，看得出神。那是一道可怜的身影，正在祈求眼前的平庸风景施惠于他。像一只螃蟹。直到四五年前，笠井还绝不是这样的人。一切自然风景，悉依理智加以遮断，加以取舍，丝毫不沉溺其中，将所谓"传统观念"、蔷薇、紫罗兰、虫声、风，都冷笑着敬而远之，只秉持"我若为人，听人间事，则从此善恶皆非闲事，徒乱我心耳"，专盯着人心深处，目不旁顾，以驽马之姿，奋猛狮之勇，但现在完全不行了。茫然若失。

——除山以外……

沉浸在这种老掉牙的愚蠢感慨中，眼里噙泪，委实太过窝囊。笠井张着嘴仰望八岳，过了片刻，他似乎也意识到了自己的散漫，不由得苦笑。一边搔着后脑勺，想让平日里的沉闷一举云消雾散，便气喘吁吁地决定胡作非为一番，是为追求强烈得要死的浪漫主义，追求憧憬，才踏上了旅途。可不是来看山的。荒唐。真是意外的浪漫。

后面那伙青年少女哄然起身，开始准备，然后在富士见站下了车。笠井稍微松了口气。方才还是有点装腔作势了。笠井并不是多么有名的作家，可即便如此，他仍觉得有人在某个地方看着他呢。当他进入人群中时，从抽烟的姿势来看，就似乎有点异常。尤其是看起来多少对小说有点兴趣的人，当他们在笠井身边时，尽管谁都没在意笠井，笠井却像完全凝固了似的，甚至连脖子都快扭不动了。以前更糟糕。据说因为装腔作势过了头，甚至造成了窒息、眩晕。毋宁说是可怜的罪孽。笠井本就是一个十分胆怯、懦弱的男人。许是患有精神薄弱症。身后的安德烈·德尔·萨托等人一下车，笠井便仿佛卸下了肩上的重荷，高兴地脱掉木屐，伸直双腿，脚搁在前面的座位上，从怀里掏出了一卷书。古怪的是，笠井明明是个文人，却很少读文学书。他以前似乎并不这样，但这两三年不是读落语全集，就是偷看妻子的妇女杂志，这般不学是难以原谅的。此刻从怀里取出的书，是德·拉罗什富科①的《箴言集》。首先，这是值得肯定的。不愧是笠井，唯独在旅行中暂时抛下了落语书，带上略高级的书招摇过市，很像一个女学生拿着自己看不懂的法语诗集走来走去，这模样真可怜。啪啦啪啦地翻页，突然又发现了那句："汝若不能自得心安，反求之他处，唯徒劳耳。"他觉

---

① 弗朗索瓦·德·拉罗什富科（Francois de La Rochefoucauld，1613—1680），法国道德家。代表作有《箴言集》。——译者注

得很讨厌，就像结果险恶的占卜一样。这次旅行，可能会失败。

当火车接近上诹访时，天已完全黑了，不久，南侧出现了一面湖水，如古镜一般，白茫茫、冷冰冰地铺展开来，仿佛刚从结冰中解冻，泛着黯淡的寒光，岸边的芒草丛也枯萎了，黑黢黢地立着不动，一片荒凉悲惨之景。是诹访湖。去年秋天来时，多少还给人以明朗的印象，如今却教人担心信州的春天没个春天样儿。下诹访到了。无精打采地下了车，走出车站检票口，怀揣着双手，向镇上走去，站前并排立着七八个旅馆老板，却没一个人试图叫住笠井。倒也可以理解。他连帽子都不戴，身穿普通的棉布和服，木屐也磨秃了，而且一件行李也无，怎么看也不像是暗自决定要住上一夜大肆挥霍的旅客。也许看起来像是当地人吧。笠井自然郁郁不乐，偏又淅淅沥沥地下起了雨，他匆忙赶往镇上，可这下诹访，不知又是一个多么阴惨低劣的镇子呢。这是一个适合驮马一面叮叮咚咚地摇响颈上的铃铛，一面颤巍巍地蹒跚而行的镇子，地形狭窄，家家户户的屋檐又黑又矮，仿佛性情执拗，屋内灯光昏暗，仿佛点亮的不是电灯，而是油灯或灯笼。天气严寒彻骨，路上到处是大石头和马粪，不时出现一辆宛如历经烟熏火燎的破旧的公共汽车，摇动着肥硕的身躯从旁晃过。木曾路，原来如此。温泉小镇特有的温暖，是别处没有的。无论走到哪里，所见都是一样。笠井叹了口气，在马路正中间驻足。雨，一点一点地越下越大。孤独，孤独得教人直欲流泪，笠井终于决定抛弃这个小镇。他冒雨返回车站，寻到一辆计程车，以泫然欲泣般的声音说道："上诹访，泷之屋，十万火急，拜托尽快。"然后便钻进了计程车。失败，这次旅行可能彻底失败了。他后悔得简直如坐针毡。

不知那人在不在。

计程车沿着诹访湖岸行驶。黑暗中的湖水，凝然如铅，纹丝不动，仿佛鱼虾尽已死绝，无法在此生存。笠井故意移开视线，努力不看湖水，但那片荒凉悲惨之景，仍不可阻挡地闯入视野某处，使他陷入一种无处可去的无助心境，直欲刎颈寻死，或饮弹自尽。

不知那人在不在。不知那人在不在。

以前因母亲危笃而急忙赶去时，便是这样的心境吗？

我鲁钝，我愚昧，我有眼无珠。笑吧，笑吧。我没落。什么都不知道。是一团混沌，是一池温水。输了，输了。谁都不如。就连苦恼，就连自己的苦恼，我都不明所以。追根究底，竟说不出因何而苦。开什么玩笑！

计程车仍在湖岸边飞驰，不久，上諏访的灯火便星星点点地映入眼帘。雨似乎也停了。

泷之屋是上諏访最古老且最上等的旅馆。笠井下了车，站在门口。"欢迎光临。"那位总是将领口捂得严严实实的四十来岁的老板娘，脸色苍白地走出来，冷冷地打了声招呼，"要住宿吗？"

老板娘似乎不记得笠井了。

"麻烦您了。"笠井怯弱地谄笑道，轻轻地鞠了一躬。

"去二十八号。"老板娘不苟言笑，小声吩咐女佣。

"是。"身材娇小的十五六岁的女佣站了起来。

这时，那人毫无预兆地突然出现了。

"不，去独栋，三号。"她用粗暴的口吻说着，自行来到笠井前面。她叫由纪。

"你总算来了。你总算来了。"她接连说了两遍，然后站定，"你有点胖了。"由纪总把笠井当弟弟看待。她二十六岁，比笠井足足小九岁，身上却有一种历尽磨难之人才具备的沉稳。生了一张天平时代的脸，上窄下宽，眼睛细长，肤色白皙，穿着一件带有朴素条纹的玄色和服。她是这家旅馆的女佣长，据说曾在女校读到三年级，是东京人。

笠井在由纪的带领下，不自然地端着右肩——那是他的老习惯——走在长长的走廊上，不动声色地寻找方才老板娘说的二十八号房。尽管最后没找到，但楼梯正下方的那间呈三角形的破败屋子怕就是吧。肯定是那一间。那一定是这家旅馆最下等的房间。只因我衣着寒酸，木屐肮脏。没错，就是着装的缘故。笠井十分沮丧。登上楼梯，来到二楼。

"你喜欢住这间房对吧。"由纪拉开那个房间的隔扇，面色得意地站住了。

笠井苦涩地笑了笑。这里是独栋，备有休息室，还有阳台，是最上等的房间。去年秋天，旅馆的庭园里盛开着好大一片桔梗花，那场面令人惊叹。庭园对面可见一面青青的湖水。这是个不错的房间，去年秋天，笠井曾在此工作了五六天。

"今天呢，我是来找乐子的。我要用酒把自己灌死。所以，房间什么的，怎样都无所谓。"笠井略微调整了一下心情，语气快活地说道。

换上旅馆的棉袍，隔着桌子与由纪对面端坐，笠井脸上头一次露出了发自内心的微笑。

"终于……"他刚开口，便不由得长叹了一口气。

"终于？"由纪也温和地笑着，反问道。

"嗯，终于。终于……怎么说才好呢。日语可真不方便，很难形容。谢谢。幸好你在。你救了我。我都快哭了。"

"不明白。你说的不是我吧？"

"也许吧。温泉、诹访湖、日本。不，是活着。这一切都教人怀念。没什么理由。谢谢这一切。不，也可能只是一瞬间的感触。"由于净说些矫情话，笠井有点害羞。

"这么说，很快就会忘掉？请用茶。"

"我从来不曾忘记。看来你还没明白呢。总之先去泡温泉吧。拜托拿酒来。"

尽管兴致勃勃，却未能开怀痛饮。当晚，由纪似乎很忙，拿来了酒，很快却又去了别处，也没有别的女佣过来，笠井独自灌闷酒，喝到第三瓶，就已醉得不成样子。他拨打了房间里安装的电话。

"喂，喂。今晚看来很忙啊，都没人过来。叫艺伎吧。请叫一个三十岁以上的艺伎过来。"

过了一会儿，他又拿起了电话。

"喂，喂。艺伎还没来吗？在这么偏僻的房间里独自喝醉，太没意思。请拿些啤酒来。不要清酒，这回喝啤酒。喂，喂。你的声音真好听。"

声音很好听。那个老实回答"是，是"的陌生女子的微含笑意的声音，在醉醺醺的笠井听来，格外清爽。

由纪拿着啤酒来了。

"你说要叫艺伎？别叫了，很无聊。"

"谁都不过来呀。"

"今天不知怎的，特别忙。你已经醉得差不多了吧？早些休息吧。"

笠井又打起了电话。

"喂，喂。由纪她说，艺伎很无聊，叫我取消掉，那就取消。啊，还有，香烟。要'三炮台'牌的，我想奢侈一回。抱歉，你的声音真好听。"又赞美起来了。

笠井让由纪帮他铺好床，躺下了。一躺下就吐了。由纪立刻给他换了褥子，这才睡去。

第二天早晨，笠井恨不得大声呻吟。他醒来后，为自己昨晚的不争气和消沉，羞愧得要死。这可真是不得了的浪漫主义。肠子都快吐出来了。他甚至感到愤怒，踢开被子起床，来到澡堂，绕着宽敞的浴池，粗暴地游了个痛快，也不顾体面不体面，甚至敢于仰泳，却仍未能排解心中的郁闷。笠井耷拉着脸，步子跺得山响，回到房间，只见一个十七八岁、身材细长的陌生女佣，套着白围裙，正在打扫房间。

那女人看见笠井，亲切地笑道："听说您昨晚喝醉了。现在感觉如何？"

笠井突然想起来了。

"啊，你的声音，我知道，我知道。"是电话里的那个声音。

女人一面缩着肩膀轻笑，一面继续擦拭壁龛。笠井心情也好转起来，就那么站在房门口，悠闲地抽着烟。

女人回过头："啊，好香。是昨晚要的那个外国烟吧？我特别喜欢那种烟味儿。别让那味儿跑了。"她丢下抹布站起身，手脚麻利地把走廊的拉门、通往阳台的门，以及房间的隔扇统统关得严严实实。关好之后，两人慌了神。怪异的事情发生了。笠井并不自恋，不，也许仅仅是自恋过。乱搞。笠井也没想到，坏事会以如此天真纯洁的形式发生。笠井觉得对方很是小巧可爱，能直接感受到田野的那种乡土、朴素的气息，宛如看到了洁白的蜀葵。

隔扇突然被拉开，"你……"由纪不假思索地刚开口，一下子又将后面的话咽了回去。长达五六秒钟的时间，由纪哑口无言。

被撞见了。瞬时间，笠井扑通一声掉进了地球尽头的肮脏、漆黑的马厩里，心头升腾起的只有滚滚黑烟万丈，而非羞耻、后悔等暧昧情绪。笠井直欲就此装死。

"坐几点钟的火车出发？"不愧是由纪，立刻便恢复了镇静，浑若无事地继续说道。

"不知道呢。"那女人平静得出奇。笠井甚至觉得她很可靠，随即又觉得，女人真是难以捉摸。

"我这就回去。饭也免了。请结账吧。"笠井依然闭着眼睛。他感到刺目、惊惧，睁不开眼。他想就此变成石头。

"好的。"由纪打了个招呼便离开了房间，口吻毫无讥讽之意。

"被撞见个正着。"

"不要紧的。"女人是发自内心的平静，甚至连眼神都很清澈，"你真的马上就走？"

"是的。"笠井脱下棉袍，开始着装。他觉得，反正已被对方看到了自己的失态，与其拙劣地维持体面，强自硬撑，费尽唇舌拼命解释，不如尽早逃跑，反而更明智，也更坦率。

　　难堪极了。如此一来，我也成了一个不折不扣的丑恶男人。一点也不干净。黏糊、油腻、脏兮兮、不像样，啊，我已经永远不是维特了！捶胸顿足。并非对于行为的自责。运气不好。活该。已经完了。就在方才那一瞬间，我彻底被浪漫流放了。实在是可怕的一瞬间。被撞见了。被谁撞见不好，偏偏被由纪撞见了。

笠井脸上浮现出丑陋、怪异的表情，心里乱糟糟的，仿佛有一团骚动的火球，浑浑噩噩地付了账，放下五圆茶钱，连木屐也穿得他烦躁不安。

"唉，再见。下次再来慢慢玩。"不甘心，想哭。

旅馆门口，以脸色苍白的老板娘为首，包括由纪，以及先前的那个女佣，都排成一排，恭敬地鞠躬，皆露出平和、温柔的微笑，为笠井送行。

笠井哪里还顾得上这些。他早已按捺不住，想一路上哇哇大叫，高声咆哮，如雷神般到处狂奔。

　　我完了。雪莱①、克莱斯特②，啊，连普希金也不例外，再见。我不是你的朋友。你们很美，不像我这般凄惨。我被人撞见，彻底成了该死的现实主义。这不好笑。我堕入了十万亿土、第十八层地狱。再怎么洗，再怎么洗，我也绝非昔日的我。一瞬间，我就这么惨不忍睹地掉了下去。像做梦一样。啊，要是一场梦该多好。不，不，不是梦。由纪当时的确一下子把话咽了回去。她吓了一跳。我想咬舌自尽。三十五年，人只能落得这步田地吗？还剩什么？我甚至永远不是绅士。连狗都不如。撒谎。是和狗"一样"。

怎么也受不了，笠井去火车站买了一张二等票。稍稍松了口气。几乎已有十年没坐过二等车了。作品——他突兀地想到了这个。只有作品。作品被踢飞到世界尽头，这次才明确地得

---

① 珀西·比希·雪莱（Percy Bysshe Shelley，1792—1822），英国浪漫主义诗人。代表作有《致云雀》《解放了的普罗米修斯》《西风颂》等。——译者注
② 海因里希·冯·克莱斯特（Heinrich von Kleist，1777—1811），德国剧作家。代表作有《破瓮记》《彭忒西勒亚》等。——译者注

知了所谓工作的重要性。想设法给自己找一条活路。暗黑王，冷静点。

　　直接回家了。钱还剩下一多半。总之，这是一趟不错的旅行。并非讽刺。笠井也许会借此写出好作品来。

美少女

自打今年正月，我在山梨县甲府市郊租了一间小屋，一点一点地笔耕瘠土，已过去半年了。进入六月，盆地特有的酷暑汹涌袭来，从小在北国长大的我，被那仿佛从地底毫不留情地喷涌而出的热气吓坏了。每每在书桌前默然而坐，世界便骤然昏暗下来，这无疑是眩晕的征兆。中暑昏厥，于我是有生以来头一次。妻子则长了满身痱子，深受其苦。甲府市附近有一处名叫汤村的温泉村落，我听说那儿的温泉对皮肤病有特效，便决定让妻子每天去泡澡。我们租的六圆五角钱租金的草庵，位于甲府市西北端的桑田里，由此步行至汤村约需二十分钟（倘横穿四十九团的练兵场直行，则更快，可能只需十五分钟左右）。妻子每天吃过早饭收拾完毕，便带上洗浴用具去泡澡。据妻子讲，汤村的澡堂舒服极了，浴客也净是农村的老头儿老太，虽说对皮肤病有特效，但没一个人像有皮肤病，妻子倒成了最脏的，浴室也铺有瓷砖，很干净，尽管水温不高是个缺点，但大家都蹲在池子里，一泡便是半个钟头乃至一个钟头，互唠家常，总之别是一番天地，所以她叫我也去一次。妻子说，清晨蹚过练兵场的草地，草香新鲜，朝露湿足，凉冰冰的，心情便豁然开朗，甚至想放怀大笑。我当时以暑热为借口，偷懒怠工，正值无聊之际，遂决定即刻前往一观。早上八点来钟，我让妻子领着，出了家门。没啥了不起的嘛。蹚过练兵场的草地，也没想放怀大笑。到了汤村，澡堂前院有一棵硕大的石榴树，红花赫然盛开。甲府的石榴树非常多。

　　澡堂像是最近新建的，没有污渍，铺着纯白闪亮的瓷砖，充满阳光，给人以整洁清爽之感。浴池较小，约三坪①大。浴客有五人。我把身体滑进池中，当即惊讶于水温之低，感觉与常温的水没什么不同。我蹲下身，将下巴以下沉入水中，动弹不得。冷。稍微一露出肩膀，就冷得发抖。只能像个死人一样，默默地蹲着。我心下忐忑，只觉此行简直荒唐至极。妻子很镇静，蹲在那里一动不动，闭着双眼，像开悟了似的。

　　"天哪，连动都动不了。"我小声抱怨道。

　　"可是，"妻子平静地说，"只要像这样蹲上半个钟头，就会开始流汗，逐渐生效。"

　　"是吗。"我死心了。

---

① "坪"是日本尺贯法的面积单位。1坪约合3.3平方米。——译者注

但我无法像妻子那样闭目彻悟，便抱膝而蹲，四下张望。有两家人。一家是花甲之年的白发老翁和温婉娴静的五十来岁老妇。那对老夫妇气质高雅，大概是这一带的小富之家。白发老翁鼻梁高挺，肤色淡红，身材发福，右手戴着金戒指，也许以前是个花花公子。那老妇隐约之间，给人的感觉也是个来了兴致便会大口抽烟的女人，但问题并不在这对老夫妇身上，而是在于别处。

和我成对角线的浴池一隅，蹲着三个人，挤作一团。七十来岁的老翁，身体又黑又硬，脸也缩得很小，上面满是皱纹，模样古怪。大抵同龄的老妪，身材瘦小，胸膛凹凸不平犹如铠甲，肌肤发黄，乳房干瘪得可怜，教人联想起泡皱了的茶包。这对老夫妇看起来不似人类，倒像是缩在洞中东张西望的狸。当间儿的大概是孙女，像被爷爷奶奶守护着，静静地蹲在那里。她是光彩夺目的，是附着在乌黑肮脏的两扇贝壳上，受其庇护的一粒珍珠。我是无法侧目视人的性子，便直勾勾地盯着她看。约莫十六七岁吧，也许有十八岁，全身略显苍白，但绝不孱弱。身材高大，肌肤紧致，使人联想起青涩的桃子。

志贺直哉①曾在一篇随笔中写道，身体发育成熟到可以出嫁时的女人是最美的。我读到那句话时，不由得心下一凛，没

---

① 志贺直哉（1883—1971），日本小说家。代表作有《在城崎》《暗夜行路》等。——译者注

想到志贺先生竟会做出如此大胆的发言。但此刻，凝视着眼前那少女的美丽裸体，我反而觉得，志贺先生的那番话一点也不下流，即使作为纯粹的观赏对象，这具躯体也是杰出至近乎崇高的。

少女紧绷着脸，单眼皮，三白眼，眼梢儿高高上挑，鼻子寻常，嘴唇稍厚，偶尔一笑，上唇便紧紧地卷起来，野性十足。头发绾在脑后，似乎较为稀疏。她夹在两个老人当间儿蹲着，明知我一直在直视着那具胴体，也满不在乎，一派天真无邪。老夫妇又是为她拍后背又是给她敲肩膀，触摸宝物一般。这少女怎么看都是病后初愈，但绝对不瘦。皮肤洁净而紧致，如同女王。她把身子交给老夫妇摆弄，不时独自浅笑，给我的感觉甚至有些白痴。当她突然站起身时，我不由得圆睁双眼，几乎窒息。其身材之高大令人赞叹，简直似有五尺二寸①。太美妙了。乳房丰满如碗，腹部平坦光滑，四肢肌肉紧实，毫不害羞地摆动双手从我眼前经过。那是一双白得几近透明的可爱小手。她就那么站在浴池里，伸臂扭开自来水管的龙头，用澡堂备置的铝杯喝了好几杯水。

"噢，多喝点吧。"身后的老妪咧着皱巴巴的嘴笑道，仿佛在给少女鼓劲，"不使劲喝，就没精神。"另一对老夫妇也"没错，

---

① 约合 157.7 厘米。——译者注

没错"地附和起来，大家都笑了。冷不防，戴戒指的老翁转身面向我，以命令般的口吻说道："你也得喝。对衰弱最有好处。"我顿时张口结舌。我的胸膛瘦弱，肋骨凸出，看起来十分丑陋，所以他定是把我也当成病后初愈之人了。尽管老翁的命令使我惊慌失措，但佯作不知又很失礼，因此我姑且先露出谄笑，然后站了起来。冷得直打哆嗦。少女默默地将铝杯递给了我。

"啊，谢谢。"我小声道谢，接过杯子，学着少女的做法，站在浴池里，伸臂扭开水龙头，莫名其妙地咕嘟咕嘟喝起水来。好咸。大概是矿泉吧。我也喝不了太多，好不容易喝了三杯，然后愁眉苦脸地把杯子放回原处，立刻蹲下身，将肩膀沉入水中。

"感觉不错吧？"戒指老翁得意地说道。

我一时无言，终究还是愁眉苦脸地回答："是的。"然后微微鞠了一躬。

妻子埋头窃笑。我可笑不出来。胸中战战兢兢。我很不幸，是怎么也无法跟别人轻松闲聊的性子，所以，我生怕这老翁再跟我搭话，届时可如何是好？这份恐惧愈演愈烈，简直到了不堪承受的地步，迫使我只想尽快逃离此地。我瞥了少女一眼，见她很是平静，和先前一样，悄然蹲在那对老夫妇当间儿，被保护得严严实实，仰面朝天，全无表情。她一点儿也没把我当回事。我放弃了。赶在戴戒指的老翁再次搭话之前，我站起身，低声对妻子说："出去吧，一点也不暖和。"然后迅速走出浴池，将身体擦干。

"我要再泡一会儿。"妻子腻着不想走。

"哦，那我先回去了。"我在更衣间匆忙穿衣，浴池那头则开始了融洽的闲谈。果然，有我在那里装腔作势地闭口不语，东张西望，场面便颇显异样，老人们似乎也多少有些窘迫，而我一旦不在场，大家便都从那种拘束中解放了出来，似乎松了口气，谈话进行得十分顺畅。连妻子也加入进去，讲解起痱子来，而我怎么也做不到融入其中。我暗自嫉妒，心想反正自己是个怪胎，临走之际，又瞥了少女一眼。她仍旧一动不动地被两具又老又黑的身体保护着，如宝物般散发着美丽的光芒。

那少女真好。见到了好东西。我将这份心思偷偷藏在了心中的秘盒里。

七月，暑热达到了极点。榻榻米热得快要烧起来了，躺也躺不住，坐也坐不住。本来很想去山中温泉避难，但我们计划八月搬去东京近郊，为此必须存点钱，所以无论如何也凑不出富余的钱去温泉。我简直都快疯了。我考虑干脆把头发剪短，脑袋变凉快了，也许就能清醒过来，于是跑去找理发店。我信步而行，心想只要哪家理发店有空，哪怕脏一点也没关系，谁知看了两三家，全都客满为患。胡同里的澡堂对面，有一家小店，我去那里看了看，似乎还是有顾客，我刚要离开，店主人就从窗户探出头来了。

"马上就好，你是要理发吧？"他准确地猜中了我的来意。

我苦笑着推开理发店的门走了进去，难为情地心想，一定是因为我自己没意识到，但在旁人看来，我的头发委实太长，乱蓬蓬的很难看，所以理发店的店主才完全看穿了我的来意。

店主年约四十，是个光头，戴着粗框劳埃德眼镜①，嘴唇尖尖，长相滑稽。有个学徒十七八岁，肤色黧黑，身材枯瘦。店里有一间西式待客室，用一道薄帘子同理发间隔开，从中传来两三个人的说话声，先前我便误以为他们是顾客呢。

坐在椅子上，鼓风机从下摆送来凉爽的风，我终于松了口气。这是一家整洁有序的理发店，醒目之处均摆放着花盆、金鱼缸等物件。我以为，天热的时候，最好就是理发。

"嗯，请把后面剪短。"沉默寡言的我，讲出这短短一句话就已竭尽全力。说话的同时，我看向镜子。我的脸很严肃，异常紧张，紧闭着嘴装模作样。一定是不幸的宿命。就连来理发店，也不得不如此装腔作势吗。我都替自己觉得可怜。我盯着镜子，却见镜中蓦地映出了一朵花。那是一名少女的身影，穿着蓝色连衣裙，坐在窗畔的椅子上。直到此时，我才知道那里坐着一名少女。不过，我并没太当回事。女学徒？女儿？只这

---

① 美国著名喜剧演员哈罗德·劳埃德（1893—1971）经常佩戴的一种圆形赛璐珞框眼镜。——译者注

么稍想了想，便没再仔细看。过了一会儿，我发现那名少女从我身后抻长脖子，不时打量镜子里的我的脸。我俩的视线在镜中三番两次相遇。我一面忍住回头去看的冲动，一面觉得那张脸有些眼熟。而我一旦开始留意背后那名少女的脸，此举却仿佛终于令她心满意足，再瞧也不瞧我一眼了。她浑身洋溢着自信，胳膊肘撑在窗台上，手托着腮，望着外面的马路。所谓猫和女人，都是你沉默便喊你，你靠近便逃开。正当我心里来气，腹诽这名少女也已在无意识中领会了这种特性时，少女恍恍地从身旁的桌上拿起牛奶瓶，静静地喝光了一整瓶牛奶。我恍然大悟。病躯。是她，是那个有着美妙胴体的病后初愈的少女。啊，我明白了。那瓶牛奶教我终于明白了。我了解她的乳房更甚于那张脸，以至于我想跟少女打声招呼，道声失礼。尽管少女的美妙胴体此刻裹在连衣裙里，但我对其从头到脚了如指掌。这么一想，就很高兴。我甚至觉得，这少女如同自己的亲生骨肉一般。

　　我一时疏忽，居然在镜中冲少女笑了笑。少女脸上毫无笑意，见状当即起身，朝帘子后头的待客室缓缓走去。没有任何表情，令我再次想到了白痴。不过，我很满足，觉得自己结识了一位可爱的朋友。我让店主——恐怕正是那名少女的父亲——大把大把地剪掉我的头发，感觉格外凉爽，相当愉快。就是这样一个无德故事，仅此而已。

畜犬谈

致伊马鹈平①君

---

① 伊马鹈平即伊马春部（1908—1984），日本剧作家。本名高崎英雄，伊马鹈平为其旧笔名。代表作有《桐木胡同》等。——译者注

我对狗有自信，自信终有一日我必将遭狗扑咬。定会被咬，我有这个自信。然而至今我仍安然无恙，委实不可思议。诸位，狗乃猛兽，力可毙马，甚至偶尔能搏斗狮子并征服之。此事理所当然，认同者却唯我一人，好生寂寞。瞧瞧狗满嘴那锋锐的獠牙吧，岂可等闲视之。别看它们现下在街上大扮无辜，自甘卑贱，盯着垃圾箱绕来转去，仿佛微不足道，实则却是力能毙马的猛兽，随时可能狂态大发，暴露本性。狗是一定要用锁链牢牢拴好的，丝毫大意不得。世上许多养狗者，居然自愿饲养如此可怕的猛兽，只因每日予其少许残羹剩饭，便对这猛兽全无戒心，毫无顾虑地喊其昵称，准其近身，宛若家族一员，甚至让三岁爱子用力扯那猛兽的耳朵并为之哈哈大笑，此情此景教人战栗，不忍目睹。倘其猝然发难，一口咬来，当如何是好？所以必须小心。连主人都难保不会挨咬的猛兽（以为是主人便绝不会被咬，不过是愚蠢、天真的迷信罢了。既然生有那可怕的牙，就一定会咬人。绝不咬人是得不到科学证明的），居然敢于放养，任其徘徊街头，岂有此理？

去年晚秋，我的一个朋友便终于深受其害，成了悲惨可怜的牺牲者。据朋友讲，他当时正无所事事地在胡同里袖手闲逛，见一条狗大模大样地坐在路上。朋友从狗旁边经过，并无其他动作，狗瞟了他一眼，目光令人望而生畏，朋友以为顺利通过了，狗却一口咬住了他的右腿。一场灾难，瞬间临头。朋友立时吓呆了，过了好一会儿，委屈的泪水奔涌而出。此事理所当然，依旧唯我一人认同。事已至此，无可奈何。朋友忍痛拖着伤腿去医院接受了治疗。在其后的二十一天里，他成了医院的常客。

整整三个礼拜。即便腿伤痊愈，体内也可能被注入了令人闻之色变的"恐水病"病毒，所以必须注射防毒针。至于找狗主人谈判之类的事，以朋友的懦弱，是怎么也做不到的，只能忍气吞声，为自己的不幸叹息。况且，注射费等费用一点也不便宜，恕我直言，他应当没有那份富余的积蓄，定然是七拼八凑筹措来的，所以总而言之，这是一场可怕而巨大的灾难。此外，若是一不小心忘记打针，说不定便会患上"恐水病"这种下场凄惨的疾病，身受发热、焦虑之苦，最终变得形貌似狗，四肢爬行，只知"汪汪"狂吠。朋友在打针时，该是怎样的忧虑、不安啊。所幸他颇有阅历，心智健全，所以并未张皇失措

158

以致失态露丑，而是在第三天、第七天和第二十一天去医院打了针，如今正在精神饱满地努力工作，倘换作是我，只怕饶不了那条狗命。

我这人睚眦必报，复仇心之强烈，三倍、四倍于常人，遭此横祸，更能发挥出五倍、六倍于常人的残忍，所以我大概会当场把那狗的头盖骨敲得粉碎，挖出狗眼嚼个稀烂再一口吐掉，若还不够，便将附近的家犬统统毒杀。我明明什么也没做，狗却突然一口咬来，这是多么无礼、狂暴之举啊，再怎么说是畜生也难以原谅。人不能因为怜悯畜生而加以纵容，应该毫不留情地处以酷刑。去年秋天，听闻朋友遭难，我对畜犬素来的憎恶达到了极点。那是一种宛如熊熊青焰般的死心塌地的憎恶。

今年正月，我在山梨县甲府市郊租了一栋三室——各是八张、三张、一张榻榻米大——的草庵，悄然隐居其中，辛苦耕耘蹩脚的小说，但这甲府到处是狗，多得数不清。它们在大街上或久久伫立，或趴卧不动，或疾速飞奔，或龇牙吠叫，但凡有丁点空地，必然如野狗窝般被其占据，扭打成一团练习格斗，到了晚上，像风、像强盗一样成群结队地在无人的街头纵横奔走。其数量之多，仿佛甲府每家每户都至少养着两条狗。山梨县原本即以甲斐犬的产地而闻名，但街头所见的狗，绝非那样的纯血种。红毛狮子狗最多，尽是些没用的杂种犬。我本就对畜犬心怀厌恶，自朋友遭难以来，更添嫌憎之念，虽一心警惕不敢松懈，但狗实在太多，不管哪条巷子都可见它们上蹿下跳，或蜷成一团悠然大睡，根本防不胜防。我可谓煞费苦心。倘若可以，我想套上护腿、护臂、头盔再上街，但那身打扮委实异样，从风纪上也绝不会被允许，所以我不得不采取其他手段。

我很严肃、很认真地考虑了对策。首先，我研究了狗的心理。对于人的心理，我还算略有心得，偶尔能准确无误地指定，但狗的心理就很难猜了。人类的语言在狗与人的感情交流上能起多大作用，这是第一个难题。假如语言不济事，则只能揣度彼此的举止和表情。譬如，尾巴的动作就很重要。但仔细观察会发现，那其实也相当复杂，并不容易看懂。

我几乎绝望了。走投无路之下，我想出了一个相当拙劣、极其无能、十分可悲的办法。总之，一遇到狗，我便满脸微笑，以示我毫无恶意。夜里，那微笑或许狗看不见，我便哼着童谣做单纯状，努力让它知道我是个善良的人类。我觉得这些做法多少是有效果的，毕竟狗还不曾扑来咬我。但千万不可大意。从狗身旁经过时，不管多害怕，都绝不能跑，要露出卑微的谄笑，摇头晃脑做天真状，慢慢地、慢慢地走，纵然心头被恶寒笼罩，犹如背上爬着十条毛虫般令人窒息，也要慢慢地、慢慢地走过去。我痛恨自己没骨气，嫌弃得想哭，却又觉得，若不这么做，马上就会被咬，所以我会试着跟所有的狗打招呼，尽管这很可悲。

头发留得太长，或许会被当成可疑人物遭到狂吠，所以就连那么讨厌的理发店，我都打起精神决定去了。持手杖走路，狗会误以为是威吓的武器，所以我决定永远弃用手杖，以免激起狗的反抗心理。

就在我摸不准狗的心理，只能顺其自然地胡乱讨好的过程中，意外的现象出现了。我被狗喜欢上了。它们摇着尾巴，纷纷跟在我身后。我不禁捶胸顿足。何其讽刺。与其被我素来讨厌，最近更是达到憎恶极点的畜犬喜欢上，我宁愿被骆驼喜欢。即使被恶女喜欢上，也没理由不开心——这是一种浅薄的假想。有时候，自尊、脾气是怎么也容不下这种事的。忍不了。我讨厌狗，早已看穿其狂暴的兽性，令人心感不快。只为每日蒙主人施舍一两餐剩饭，便出卖朋友，别离妻子，只身寄人檐下，一脸忠义，冲着旧友吠叫，将兄弟、父母也统统忘却，只顾着看主人脸色，阿谀逢迎恬不知耻，即使挨了打，也故意夹起尾巴默不作声，逗主人家笑，其精神之卑劣、丑陋，常被唤作狗畜生。它明明拥有轻松日行八十里的强健脚力，生就足以毙狮的闪亮锋锐的獠牙，却肆无忌惮地发挥出懒惰无赖、腐烂透顶的卑贱根性，毫无矜持，轻易便屈服于人类世界，唯命是从，同族间却彼此敌视，一照面就互吠互咬，借此努力讨好人类。看看麻雀吧，虽是没有任何武器的纤弱小禽，却保有自由，经营着完全独立于人类世界的小社会，同类相亲相爱，安贫乐业，欣然享受生活。

越想越觉得狗真肮脏。我讨厌狗，甚至觉得狗与自己有相似之处，遂越发讨厌得受不了。至于狗特别喜欢我，摇着尾巴表明爱意，则狼狈也好，懊悔也罢，皆不足以形容我的感受。我过于敬畏、高估了狗的猛兽性，走在路上冲其媚笑无度，致使狗反而误以为得了知己，当我是易相与的，以至于造成如此惨不忍睹的结果，可见无论何事，分寸都很重要。而我，至今仍不知分寸。

那是在早春。一天晚饭前，我出门去附近的四十九团练兵场散步，身后跟着两三条狗，我生怕它们随时一口咬住我的脚后跟，但每次出门都这样，我便死了心，装作无事，拼命克制着如脱兔般逃跑的冲动，晃晃悠悠地走。狗跟了我一路，互相打起架来，我故意不回头去看，佯作不知，内心实则早已不堪忍受。倘有一把手枪，我会毫不犹豫地砰砰开枪射杀。狗不知我存了这样外面似菩萨、内心似夜叉的奸佞恶意，不管我走到哪里都跟着。绕着练兵场转了一圈，我仍旧在狗的爱慕下踏上了归途。按惯例，我一回到家，身后的狗便会云散雾消，跑没了影，但唯独那天，有一只狗格外执拗，恋恋不去。那是一只纯黑的不起眼的小狗。它太小了，身长约莫只有四寸半。不过，不能因为小就放松警惕。狗牙应该已经长齐了，一旦被咬，就得在第三天、第七天和第二十一天去医院。况且，如此年幼的小东西没有常识，反复无常，必须更加小心才行。小狗步子蹒跚地绕着我跑前跑后，不断仰头看我，一直跟到了家门口。

"喂，有个奇怪的东西跟来了。"

"哎呀，真可爱。"

"可爱个鬼，快给我赶走。别动粗，它会咬你的，拿些点心给它吃。"

照旧是软弱外交。小狗当即看穿了我内心的畏怖之情，抓住这一点，厚颜无耻地在我家住下了，一住便是好久。就这样，三月、四月、五月、六月、七月、八月，直到现下秋风乍起，它一直待在我家。我因为这只狗不知哭了多少次，怎么也摆脱不掉。无奈之下，我只好叫它小黑，但尽管一起住了半年，至今我仍无法视小黑为家庭一员，觉得它是外来者，格格不入。我们彼此不和，互相揣测对方的心理，斗得火花四溅，怎么也无法释然相视而笑。

刚来这个家时，它还是个孩子，会疑惑地观察地上的蚂蚁，会被癞蛤蟆吓得惨叫，那模样有时令我也不禁失笑，虽然是个可恶的家伙，但或许也是出于神的旨意才误入这个家里来的，所以就在廊下给它铺了张床，喂它的食物也煮得很软，适合婴幼儿吃，还在它身上撒了除蚤粉。然而，过了一个月就不行了。它很快便发挥出了杂种犬的本领。下贱。原本，这只狗一定是被遗弃在练兵场的某个角落里的。我那天散完步回家，一路上

163

它像缠着我一样跟在身后，那时它瘦得不像样，毛也掉得厉害，屁股几乎全秃了。也就是我，才会喂它点心，给它煮粥，向来好言好语，小心翼翼、郑重其事地招待它。换成别人，必然会被一脚踢开。我那么亲切地招待它，其实并非出于对狗的爱，反而是对狗的先天性的憎恶和恐惧，使我老奸巨猾地与之周旋罢了，但也多亏了我，这只小黑已然毛发油亮，成长为一只像样的公狗了。我绝无施恩图报之意，只盼它若能给我们带来一些快乐也是好的，可惜弃犬终归是没用的废物。它不光大吃大喝，餐后还要运动消食，不是把木屐当玩具咬得破烂不堪，就是多此一举地将洗后晾在院子里的衣服拖到地上，弄得沾满泥土。

"别开这种玩笑，简直是刁难人。有谁拜托你这样做吗？"

我有时会尽量温和地，话里带刺挖苦它，狗却将眼珠子一转，冲着正在冷嘲热讽的我撒起欢儿来。这是何等恃宠而骄的精神啊。我为这只狗的厚脸皮暗自震惊，甚而鄙视。及至长大，这只狗的无能越发暴露无遗。首先，外形不好。幼年时，体形至少还算匀称，或者说有些地方还教人觉得它可能混有优良的血统，但那是赤裸裸的假象。唯独身体越来越长，四肢特别短，跟乌龟似的，简直没法看。

它长得这么丑，而我一旦外出，便必定如影随形似的跟着我，连少男少女都指点笑称："哈，好奇怪的狗啊。"

多少有点虚荣的我，再怎么装糊涂也无济于事。纵然索性快步疾行，试图装成无关路人，小黑也会形影不离地跟着，不断仰脸看我，绕着我跑前跑后，纠缠不去，我俩怎么看也不像是毫不相干的陌生人，分明便是投缘的主仆。拜它所赐，我每次外出，心情都相当郁闷，这倒成了不错的修行。

　　不过，只是这样跟着我走的时候，倒也还好，但渐渐地，它便终于暴露了隐藏着的猛兽本性，变得喜欢打架斗殴了。和我一起走在街上，遇到的每一条狗它都要上去打招呼，可谓走一路打一路。小黑尽管腿短，又年轻，打架却似乎相当厉害。当它闯入空地上的狗窝，同时迎战五条狗时，看似险象环生，但它终究闪转腾挪，巧妙地避过了灾难。它相当自信，面对任何一条狗都敢冲上去。偶尔气势也会不敌对方，一面吠叫一面步步退却，声近哀鸣，黑脸发青。有一次，它朝一条小牛犊似的狼犬冲了过去，当时我脸都吓白了。果然，片刻也没撑住。那条狼犬用前脚把小黑当成玩具拨弄来拨弄去，根本没动真格的，小黑这才捡回一命。狗一旦遭遇此等惨败，似乎就变得没了骨气。自那以后，小黑眼瞅着变得躲避打架了。况且，我不喜欢打架，不，岂止不喜欢，我更相信，放任野兽当街厮打是文明国度的耻辱，所以对于狗的种种震耳欲聋的野蛮咆哮声，我感到无比的愤怒和憎恶，杀之亦不足以解恨。

　　我不爱小黑。我恐惧它，憎恶它，但一点也不爱它。我希望它死掉才好。它死皮赖脸地跟着我，对路上遇到的每一条狗，必定凄惨地吠叫，似乎以为那是受养者的义务，可身为主人的我，当时是多么害怕呀，吓得浑身发抖，只想拦下一辆计程车钻进去，砰的一声关上车门，一溜烟地逃之夭夭。倘仅止于狗与狗的厮打，倒也还好，可一旦敌犬发狂，向我这个狗主人扑过来，我该如何是好。不能说没有这种可能性，毕竟是嗜血的猛兽，天知道会做出什么事来。我会被撕咬得惨不忍睹，不得不在第三天、第七天、第二十一天去医院。狗的打架现场简直是地狱。我一有机会就告诉小黑：

"不能打架哦。若要打架，就到离我远远的地方去打。我可不喜欢你。"

小黑似乎也有点明白，经我那么一说，它多少有些颓丧。我越发觉得狗这东西真令人瘆得慌。也许是我一再重复的忠告奏效了，或是因为在与那条狼犬的一战中尝到了惨败的滋味，小黑开始表现出卑躬屈膝般的柔弱态度。和我一起走在路上，若有别的狗冲小黑吠叫，小黑会一个劲儿地装优雅来讨好我，要么身子直打哆嗦，仿佛在说："啊，讨厌，讨厌。真野蛮。"要么神情无奈地睇视对方，目光充满怜悯，然后来窥看我的脸色，仿佛在卑微地谄笑，那副模样猥琐极了。

"一点优点也没有啊，这家伙，光会看人脸色。"

"还不是因为你老逗弄它。"妻子起初对小黑不感兴趣，洗

166

好的衣服被它弄脏时还会不停抱怨，后来态度却骤然一变，开始"小黑、小黑"地喊它，还喂它东西吃。"不会是性格破产了吧。"她笑道。

"是因为越来越像主人了吧。"我心里越发不痛快。

进入七月，异变陡生。我们终于在东京三鹰村觅得一栋在建的小房子，跟房东签了合同，约定一待完工就租给我们，月租金为二十四元，然后便开始准备搬迁。房东答应，房子一旦建成就寄快信通知我们。至于小黑，自然是要被扔掉的。

"明明也可以带上它嘛。"妻子还是没把小黑当成累赘，觉得带不带上都行。

"不行。我可不是因为它可爱才养的，而是因为害怕被狗报复，无奈才没赶它走。你不明白吗？"

"可是，你只要片刻见不到小黑，就会大声嚷嚷'小黑去哪儿了，小黑去哪儿了'不是吗？"

"那是因为它一不见，更教人瘆得慌，没准儿是在背着我偷偷召集同志。那家伙知道我看不起它。据说狗复仇心很强的。"

我以为眼下正是绝好的机会。只要顺势装作忘记了，把这只狗留在这里，马上坐火车去东京，难不成它还会越过笹子垭追到三鹰村去？不是我们抛弃了小黑，而是粗心大意忘了带上它。这又不是什么罪过，没理由被小黑记恨，不会招致复仇。

"应该不要紧吧。就算把它留在这里，应该也不会饿死吧。

毕竟，死灵作祟这种事也是有的。"

"本来就是弃犬。"妻子看来也有些不安了。

"没错。应该不会饿死，会好好活下去的。那样的狗要是带去东京，我都羞于见朋友。身体太长了，丢人现眼。"

小黑还是确定了要被留下来。于是，异变发生了。小黑得了相当严重的皮肤病，那惨状简直不敢形容，不忍目睹。恰又正值炎热时节，它身上散发出非同小可的恶臭。这下换成妻子吃不消了。

"会扰到邻居的，杀了它吧。"遇此情形，女人比男人更冷酷，胆子也更大。

"要杀掉吗？"我吓了一跳，"再忍耐几天就好了。"

我们一心期待着三鹰的房东来信。之前房东说七月底大概可以完工，可眼看着七月都快结束了，我们连搬家的行李也收拾好了，盼完今天盼明天，却迟迟盼不来通知。就在去信询问之际，小黑的皮肤病开始发作了。越看越令人心酸至极。小黑似乎也终于对自己的丑陋模样感到了羞耻，变得总喜欢待在暗处，尽管偶尔也会有气无力地躺在门口铺着的石板上晒太阳，被我发现，一骂它"哎呀，真碍事"，它便急忙站起来，一声不吭，垂头丧气地悄悄钻到廊下去。

然而当我外出时，它必定悄无声息地不知从哪儿冒出来，要跟着我。被这种怪物似的东西跟着，怎受得了，所以每次我都默默地盯着小黑，嘴角清晰地浮现出讥笑，无论如何就是一直盯着它。这一招很有效。小黑仿佛一下子便会想到自己的丑陋模样，耷拉着脑袋，无精打采地找个地方躲起来。

"实在忍不了，我都觉得身上发痒了。"妻子时常找我商量，"我尽量努力不去看它，但只要看到一眼就完了，连做梦都会梦见。"

"唉，再忍一忍就好。"我觉得除了忍耐别无他法。虽说它生病了，但终归是一种猛兽，贸然接触会被咬的。"明天三鹰那边大概就会来信，搬走不就一了百了了。"

三鹰的房东来信了。看完很失望。信里说，雨一直下墙干不了，人手又不够，估计还需十来天才能完工。烦透了。哪怕只是为了远离小黑，我也想尽快搬家。一种古怪的焦躁感，使我工作也无心去做，整日不是看杂志就是喝酒。小黑的皮肤病一天比一天严重，我的皮肤也总觉痒得厉害。深夜里，我已不知多少次被小黑瘙痒难耐而在室外疯狂折腾的声音惊醒。我觉得自己快受不了了，甚至屡屡在狂暴发作的驱使下，只想干脆把心一横。房东来信让我们再等二十天，我满腔乱糟糟的怨愤，立刻与眼前的小黑联系在了一起，只觉得诸事不顺都怪这家伙，一切不好的事全该归咎于它，便居然诅咒起了小黑，有一晚，我在我的睡衣上发现了狗身上的跳蚤，一直极力忍耐的怒火终于爆发，我暗自做了一个重大的决定。

我想杀了它。对方是可怕的猛兽，换作平时的我，是无论如何也做不出如此粗暴的决定的，但盆地特有的酷暑使我有些迷乱，况且每天无所事事，只是呆怔怔地等待房东来信，无聊得要死，心烦意乱坐立不安，又有失眠也来火上浇油，使我陷入发狂状态，所以我受不了了。发现跳蚤的当晚，我便立刻让妻子跑去买了一大块牛肉，我则去药房购买了少量的某种药品。万事俱备。妻子兴奋不已。当晚，我们这对恶魔夫妇，便凑在一起小声商量。

翌日早上，我四点钟就醒了。本已定好闹钟，但铃还没响就醒了。东方天际发白，隐隐透着寒意。我拎起竹皮包裹出了家门。

"别看到最后，早去早回。"妻子站在门口的台阶板上为我送行，平静地说道。

"知道。小黑，过来！"

小黑摇着尾巴从廊下钻了出来。

"过来，过来！"我快步前行。今天我并没有不怀好意地盯着小黑，所以小黑也忘记了自身的丑陋，高高兴兴地跟在我身后。雾很浓，城市在悄然沉睡。我匆匆赶往练兵场。途中，有一条大得惊人的红毛狗冲着小黑狂吠。小黑照例表现出装优雅的态度，只不屑地瞟了红毛狗一眼，仿佛在说："瞎嚷嚷啥呢。"然后便迅速地从它面前走过去了。红毛卑鄙得不像话，竟从小黑背后如风一般发动偷袭，瞄准的是小黑那光秃秃的睾丸。小黑立刻转过身去，但它犹豫了一下，偷偷看了看我的脸色。

"上呀！"我大声命令道，"红毛太卑鄙了，尽情地教训它！"

得了准许的小黑身躯猛地一震，像一颗子弹般冲进了红毛狗的怀中。顿时，咆哮声响起，两条狗扭打成一团。红毛的身体有小黑的两倍大，但那也没用，它很快便嗷嗷惨叫着败下阵来，而且不知染没染上小黑的皮肤病。真是个蠢货。

架打完了，我松了口气。方才观战，我手心里一直捏着把汗，绝非夸张。我甚至一度以为自己会被卷入两条狗的格斗中，和它们一起死掉。我当时莫名地憋着一股劲，心想我被咬死也不要紧，小黑呀，尽情地打架吧！小黑追着逃跑的红毛撵出没几步，便站住了，看了看我的脸色，突然变得无精打采，垂头丧气地回到了我身边。

"好！真厉害。"一边夸它，我一边迈步前行，咔嗒咔嗒地过了桥，便到了练兵场。

以前，小黑就是被丢弃在这个练兵场的。所以现在，又回到了这个练兵场。死在你的故乡为好。

我停了下来，将那一大块牛肉啪嗒一下扔在我脚下。

"小黑，吃吧。"我不愿去看小黑，便呆立在原地，"小黑，吃吧。"脚下传来吧唧吧唧的咀嚼声。应该不出一分钟就会毙命。

我佝偻着身子，慢吞吞地走路。雾很浓。近在咫尺的山，只能隐约看出黑黢黢的轮廓。无论南阿尔卑斯山脉①还是富士山，什么都看不见。木屐被朝露打得精湿。我越发佝偻了，慢吞吞地踏上了归途。过了桥，来到中学校前，回头一看，小黑还在呢。它像没脸见人似的，垂着头，轻轻地避开了我的视线。

我也已不是小孩子了，没有顽皮的感伤。我马上就明白是怎么回事了。药物没生效。点了点头，我的心境已经还原成为一张白纸。

回到家中。"不成啊，药没生效。饶了那家伙吧，它是无辜的。艺术家本就该站在弱者一边，"我把一路上的想法原原本本地讲了出来，"是弱者的朋友。对于艺术家来说，这是起点，也是最高的目标。这么单纯的事，我居然忘记了。不光是我，大家都忘记了。我要带小黑去东京。倘若朋友嘲笑小黑的模样，我就揍他。有鸡蛋吗？"

"嗯。"妻子愁眉苦脸。

"给小黑，有两个就给两个。你也忍一忍吧。皮肤病什么的，很快就会好的。"

---

① 又称赤石山脉，位于日本本州中部，纵贯山梨、长野、静冈三县。——译者注

时髦童子

这孩子似乎从小就时髦。念小学时，每年三月举办的期末仪式上，他必定作为学生代表，站在台下伸出双臂，从台上的校长手中接过奖品。这是一个庄严的瞬间。在那一刻，他所有的注意力都集中在自己双臂的姿态上。碎白道花纹和服下，是一件纯白法兰绒衬衫，刚好从和服袖口露出一小段，那白色沁入眼中，令他觉得自己像天使一样纯洁，独自为之陶醉。期末仪式前一晚，他把裙裤、礼服以及新做的法兰绒衬衫摆在枕畔，怎么也睡不着，三番两次从枕上轻轻地抬起头，看向枕畔的服装。当时点的还是油灯，房间昏暗，但法兰绒衬衫仍闪闪发亮，犹如一团纯白的火焰。一夜过去，到期末仪式当天早晨，他一起床便会迅速穿好衬衫。他曾偷偷拜托一位老女佣，在衬衫的每个袖口上多缝了一颗纽扣。他的打算是，领奖品时衬衫袖子一露，便可见三四颗贝壳纽扣闪闪发光。出门前往学校的一路上，他也悄悄地将双臂伸向前方，模仿领奖品的样子，一遍又一遍地预检衬衫袖子是否露得不多不少恰到好处。

　　这种不为人知的孤独的时髦，一年比一年别出心裁，当少年从村里的小学毕业后，经马车颠簸再乘火车到八十里外的县城参加初中入学考试时，他身上的服装简直古怪得可怜。而且，这次的衬衫有一个蝴蝶翅膀般的大领子，外翻遮住了和服领子，和夏天的开领衬衫领子外翻盖在西装上衣领子上的样式一模一样，看上去跟围嘴儿似的，而可悲的是，少年却偏偏紧张万分，以为那样打扮当与贵公子别无二致。他身穿久留米碎白花纹和服、灰白条纹短裙裤，以及长袜和乌黑发亮的高靿皮靴。然后是披风。由于父亲已殁，母亲疾病缠身，少年的一切日常生活，全由温柔的嫂子悉心照料。少年伶俐地向嫂子撒娇，非要嫂子把他的衬衫领子改大，嫂子一笑他，他就真的生气，为自己的美学竟无人理解而惋惜得直欲流泪。"潇洒、典雅。"——少年的美学的一切，尽在其中。不，不，是生命的一切、人生的全部目的尽在其中。

　　披风故意不系扣，眼瞅着就要滑落似的，险险地搭在窄小的肩头，并且他相信，那是一个精心完成的杰作。也不知是从哪儿学来的。或许是所谓时髦的本能自己发明的吧，即便没有范本。

　　少年几乎是生来头一次踏足一座像样的城市，所以对他来说，这是一生仅有一次的精心打扮的亮相。因为过于兴奋，一到本州北端的那座小城，少年连说话都变了腔调。他改用了以前从少年杂志上学来的东京方言。然而，当少年在旅馆安顿下来，听到女佣们的谈话时，却发现这里也跟他出生的故乡完全一样，用的是津轻方言，所以少年有些失望。他的故乡与这座小城，离开尚不到八十里地。

进入初中后，由于该校校规严格，时髦难以维系，少年变得自暴自弃，睡觉时裤子也懒得压①，皮鞋也不擦，腰包斜斜地耷拉着，故意驼背走路。当时驼背已成习惯，即使到十五年后的今天仍无改变。那段日子可谓时髦的黑暗时代。

直到进入离那座小城更在八十里外的某集镇的高中后，少年的时髦才慢慢得以发展，结果发展得过了头，又变得古怪起来。他做了三种披风。一件是赛璐珞质地的海军蓝吊钟斗篷，长得几乎拖在地上。少年当时正在长个子，身高近五尺七寸②，所以那披风看起来就像恶魔的翅膀，颇具效果。穿这件披风时，他不戴帽子，许是觉得有白线的制帽不适合魔法师。朋友们给他起绰号叫"剧院魅影③"，他虽然眉头紧锁，实则心里并不嫌弃。另一件披风是他觉得威尔士亲王作为海军将校的形象很美，便按其模样做的，还到处加入了少年的独创。首先是领子，又

---

① 将衣服压在褥子下睡觉，目的是去除褶皱或压出折痕。——译者注
② 约合172.7厘米。——译者注
③ 法国侦探小说家加斯东·路易·阿尔弗雷德·勒鲁（Gaston Louis Alfred Leroux，1868—1927）的代表作之一。——译者注

大又宽。不知为何，他似乎很喜欢宽领。领子上贴着黑色天鹅绒，胸前是双排铜扣，每排七颗，整整齐齐。排扣末端，衣身收紧变细，到短短的下摆又骤然放开，此间节奏要求至极轻妙，所以少年命西装店重缝了三次之多。袖子也很细，他让裁缝在每个袖口缝了四颗小铜扣，排成一列。这件披风是稍厚的黑色呢绒料，他当冬季外套穿。他似乎颇有自信，认为白线制帽适合这件外套，看起来的确像英国海军将校。戴山羊绒白手套，在严寒时节，脖子上裹一条白丝绸围巾。他似已下定决心，哪怕冻死，也不用厚厚的毛线织物。然而，这件外套却被朋友们笑话了。有个朋友指着那大领子哈哈大笑，说看起来跟围嘴儿似的，相当失败，像大黑神①。还有朋友纯粹很惊讶，说原来是你呀，我还以为是巡警呢。北方的海军士官十分难为情，很快便不再穿那件外套了。他又做了一件。这次对黑色呢绒敬而远之，选择了瓦蓝色的赛璐珞，以此再度尝试了海军士官外套。这是乾坤一掷的意气之争。衣领小了许多，整体更显纤细奢华，衣身中段收得极紧，简直能勒痛人，穿这件外套时，少年不得不偷偷脱掉一件衬衫。对于这件外套，谁都没说什么。朋友们也没笑，只露出格外严肃的疏远神情，然后便立刻扭过脸去。少年穿着那件堪称熠熠生辉的外套，终究难忍孤独寂寥之感，

---

① 日本七福神中的财神。——译者注

泫然欲泣。纵然时髦，却也是个内心脆弱的少年。最终，那件费尽苦心的外套也被废弃了，他蒙头罩上了从初中时期就在穿的破旧披风，去咖啡馆喝葡萄酒。

在咖啡馆喝葡萄酒时还算不错，可没过多久，他便学会了大摇大摆地走进餐馆，和艺伎一起吃饭。少年不认为那是坏事。他一直相信，惯会寻花问柳的无赖做派永远是最高尚的情趣。在三番五次去集镇上的一家安静的老餐馆吃饭的过程中，少年的时髦本能再度霍然抬头，这回可不得了。他想穿上在戏剧《灭火队乱斗①》中看到的灭火队员的服装，盘腿大坐在面朝餐馆后院的房间里，冲女侍说上一句："哎呀，大姐，今天忒漂亮了。"一面为此欢欣雀跃，一面便开始准备那身行头。先是藏青色围裙，很快就到手了。在腹部的大口袋里装入老式钱包，揣着手走上街头，看起来便会像个十足的无赖。角带②也买了，是扎紧便会铿然作响的博多腰带。又请绸缎庄做了一件进口细条纹布单衣。这一身服装莫名其妙，说不上是灭火队员、赌棍还是店铺伙计。缺乏统一性。反正，只要这身衣服能给人以戏剧中的登场人物的印象，少年就可满足。初夏时节，少年赤脚穿了麻底草鞋。至此还算不错，但少年突然生出了奇怪的念

---

① 发生于文化二年二月（1805年3月）的江户灭火队队员与相扑力士们的乱斗事件。——译者注

② 对折而成的男用窄腰带，面料较硬。——译者注

头——是关于衬裤的。戏剧中的灭火队员似乎穿着紧身的藏青色棉布长衬裤，他也想穿。当口中喊道"你这丑八怪"，一把撩起下摆，裹住屁股时，藏青色衬裤便会格外醒目。换成短裤衩可不行。为了买到衬裤，少年东奔西走，从集镇一头跑到另一头。哪儿都没有。"就是那种，就是泥瓦匠他们穿的那种紧身的藏青色衬裤，没有吗？"他竭力解释，问遍了绸缎庄和布袜店，人家却都笑着摇头说："那种的，现在可没有。"天已经很热了，少年汗流浃背地到处寻找，终于有一家店的老板告诉他："本店没有，但拐进胡同有一家专做消防生意的店，不妨去那里问问，说不定他们知道。""原来如此，我没想到消防。以前叫灭火，现在叫消防，原来是这么回事。"他抖擞精神，冲进了对方告知的胡同里的那家店。店内陈列着大大小小的消防泵，还有袖标。他有些心虚，但仍鼓舞勇气询问有没有衬裤，对方立刻回答说有，拿来的也与藏青色棉布衬裤无异，但两腿外侧各有一条代表消防标志的粗大的红竖线，格外醒目。少年终究没勇气穿这种衬裤上街，只能惆怅地放弃了。

这少年有种恶癖，当其服装不符合理想时，便必定自暴自弃。未能如愿买到藏青色衬裤，少年那身精心搭配的服装也扎眼得不行。藏青色围裙、进口细条纹布单衣配角带、麻底草鞋——穿这样的服装戴白线制帽走在街上，简直无异于灾难，究竟是怎样的美学教他这样穿的呀。如此的奇装异服，在任何戏剧中都不会出现。只能认为，少年的确自暴自弃了。他再度起用了山羊绒白手套。进口细条纹布、角带、藏青色围裙、白线制帽、白手套，这般盛装打扮，却已注定落得杂乱无章不可收拾的下场。人的一生中，总会有这种不可思议的时期不是吗。简直如在梦中。不把所有的东西全套在身上，心里就不舒服。山羊绒白手套破了，即使想买新的，山羊绒却很难找，所以最后也不管什么面料，只要是白手套就行，便买了军用手套，即军人戴的厚如熊掌的大白手套。一切都乱七八糟了。少年以如此怪异的风貌去了餐馆，一遍又一遍地拼命重复着从泉镜花[①]的小说里学会的俏皮话。女人什么的不在眼中，唯独自身的浪漫姿态才重要。

不久，少年便从梦中醒来了。左翼思想令当时的学生兴奋不已，他们紧张得脸色苍白。少年来到东京进入大学，却一次课也没上过，无论雨天还是晴天，他都穿着一件褪了色的雨衣，脚踩长筒胶靴，在街头徘徊游荡。时髦的黑暗时代自此持续了许多年。很快，少年连左翼思想都背叛了。他亲手在自己的额头打上了卑劣汉的烙印。与其说是时髦的黑暗时代，不如说是心灵的黑暗时代，一直持续到十年后的今天。少年现下也已成了胡楂发青的成年人，勉强度日，写悲伤的小说，被人曲解为

---

① 泉镜花（1873—1939），日本小说家。其作品多具浓郁的浪漫主义气息。代表作有《照叶狂言》《高野圣》等。——译者注

颓废派，但他自己坚信绝非如此。去年他找了个贫穷的恋人，常去看她，但忽然间，从前的时髦本能又复苏了，然而时至今日，已无法再拜托那位温柔的嫂子，也不可能随心所欲地花钱置办服装了。除开一件便服，少年连条袜子也没有，看起来相当穷困潦倒。他本是个时髦的孩子，倘若身穿洗褪了色的浴衣，腰缠破烂不堪的兵儿带[①]去见恋人，于他还不如死了的好。百般犹豫之后，他下定了决心。要借衣穿。你知道吗，借衣比借钱痛苦十倍。有句话叫"脸上冒火"，实在地感受到了。而且，不光要借衣服，兵儿带、木屐都得借。他就这样欺骗恋人。无论怎样落魄，一旦进入浪漫的世界，他的时髦本能似乎便会霍然抬头，令他那干瘪的胸膛激动不已。像他这样的男人，即便到了七十岁、八十岁，仍要戴华丽的格纹鸭舌帽不是吗。他把外表的潇洒和典雅视作现世唯一的"命"，一直悄悄地信仰着不是吗。最后，让我用他去年不惜借衣去见恋人时用以自嘲的两三首川柳[②]，来结束对这个可怕的时髦童子的简短介绍吧。沦落之人与借衣，好生般配。此个花样正流行，称为借衣。大叫松开那条袖，借衣慌忙。借衣之人视人衣，皆借衣哉。品味一番，实乃可怜可悲之打油诗也。

---

① 用整幅布裁成的男人或小孩系的腰带。——译者注
② 川柳是日本的一种诗歌形式，类似俳句，但要求较为宽松。——译者注

皮肤与心

突地，左乳下冒出一颗小豆粒般的脓疱，细一瞧，其周围还零星散布着许多小红疙瘩，跟喷上了一层雾似的，但不疼也不痒。我心下生厌，洗澡时便拿毛巾用力擦拭乳下，几乎搓破了皮。那似乎是个坏主意。回到家坐在梳妆台前，袒胸露乳，一照镜子，顿觉毛骨悚然。从澡堂到我家，步行不出五分钟，仅这么会儿工夫，便从乳下扩散到了腹部，宽达两个巴掌，鲜红似熟透了的草莓，我仿佛看到了地狱图，周围霎时天昏地暗。自那时起，我不再是从前的我了，不觉得自己还像个人。所谓不省人事，便是指这样的状态吗。我怔然呆坐良久。暗灰色的积雨云，悄然间已将我团团包围，我远离了昔日的世界，连身周的动静也听不真切，从此开始了身困地底的郁闷的每时每刻。一时间，我正凝视着镜中的裸体，却见身上开始冒出小红疙瘩来，这儿一点，那儿一点，到处都是，宛如雨点乍落，似乎绕着脖子，从胸前、腹部转到后背去了，我拿两面镜子对照，只见白皙的后背冒出满满一大片来，宛如赤红的霰洒落在雪坡上，我不由得捂住了脸。

"长出了这东西。"我给他看了。那是在六月初，他身穿短袖衬衫和短裤，一副今日工作大体已毕的样子，心不在焉地坐在办公桌前抽着烟，闻言起身，把我扳过来扭过去，皱眉端详，又用手指左摁右按，问我："不痒吗？"

我回答他："不痒。"

完全不疼也不痒。他歪头不解，然后让我脱光了站在走廊的亮处，迎着火辣辣的午后阳光，原地转身，越发仔细地查看。他一直对我的身体格外留心，简直无微不至。尽管沉默寡言，但他一直打心底里在乎我，而我对此相当清楚，所以，即使像这样被他带到走廊的亮处，以羞耻的裸体之姿，东转西转，被折腾得不轻，我却反而很平静，内心仿佛在向神祈祷一般，说不出的安宁。我就那么站着，轻阖双眼，只想到死也不睁开。

"搞不懂。若是荨麻疹，该痒才对。难道是麻疹？"

我凄然一笑，边穿回衣服边说："是不是起糠疹了。我每次去澡堂，都很使劲地用米糠搓胸口和脖子。"

他也觉得，或许正是这个缘故，便去药房买来一管白色的黏糊糊的药膏，默默地用手指涂在我身上，像要把药揉进我体内似的。顿时，身体感觉到清凉，心情也轻松了些。

"不会传染吧？"

"别担心。"

话虽如此，他的悲伤定是因我而起，那缕情绪由他的指尖传到我腐烂的胸膛，发出痛苦的回响，他是真心希望我能早日康复。

他一向都很细心地包庇我丑陋的容貌，对于我这张脸的种种可笑的缺点，哪怕是开玩笑，他也不曾提及，从不取笑我的长相，那才当真像晴空万里般澄澈，一派心无杂念。

"我觉得你的脸很好看。我喜欢。"

连这种话他都说过，我也曾为之慌张，不知所措。我俩是今年三月刚结的婚。就连"结婚"这个词，在我看来都相当讨厌，使人心浮气躁，以至于无法心平气和地说出口。我俩的婚姻，既贫且弱，教人难堪。别的先不说，我已经二十八岁了。生了这样一张丑女脸，本就没什么姻缘，况且在二十四五岁之前，我倒也谈过两三门亲事，可每次都是刚要谈成就告吹，刚要谈成就告吹，毕竟我家不是什么有钱人家，只有母亲、我和妹妹，一家三口都是弱女子，说成一门好亲事根本就没指望。那大约是一个贪婪的梦吧。到了二十五岁，我才下定决心，纵然一辈子结不了婚，我也要帮助母亲，养育妹妹，以此作为活着的唯一的意义。

妹妹比我小七岁，今年二十一，不仅生得漂亮，也逐渐不再任性，正在成长为一个好孩子，所以我要为妹妹招个有出息的女婿，然后我将另立门户，自谋生路。在那之前，我会留在家里，家计、交际，全由我来承担，保护好这个家。

一旦如此下定了决心，所有的烦心事便纷纷烟消云散，痛苦和寂寞也离我远去，我开始尝试一边做家务，一边努力练习西式裁缝，并逐渐承接一些生意，为邻居们的孩子定制服装。正当我开始看到将来自立谋生的希望时，有人前来说媒，对象便是他。说媒人算是先父的恩人，拘于情面，我无法断然拒绝，而且听这位恩人讲，对方仅小学毕业，无父母兄弟，正是这位恩人将其收养，从小照顾到大，当然对方不可能有什么财产，三十五岁，是个小有能力的图样设计员，有时可月入两百元甚至更多，有时则分文无收，平均下来七八十元。但他并非初婚，而是和喜欢的女人共同生活了六年，直到前年才出于某些原因分手了，后来，他觉得自己仅仅小学毕业，既无学历，又无财产，年龄也大，正儿八经地结婚根本没指望，便干脆寡居起来，打算终身不娶，自在度日，为此先父的恩人劝解他说："如此生活会被世人当成怪胎，有害无益，所以你该早日娶个媳妇，至于人选，我已有头绪。"于是便私下里来说媒。

当时我和母亲面面相觑，很是为难。这门亲事一无是处。我再怎么是个嫁不出去的丑女，也从没犯过一次错误，却说得好像不嫁给那种人就结不了婚似的，起初我很气愤，然后感到极其孤独。除了拒绝别无他法，但说媒人终究是先父的恩人，情面难却，母亲和我都犹豫不决，想着必须婉拒以免激化事态，而在此期间，我突然觉得那人很可怜。他一定是个善良的人。我不也只是女校毕业吗，又哪有什么学问，嫁妆也没多少，父亲已殁，家中只剩弱女子，况且如您所见，我是个丑女，年纪也算一大把了，我才一无是处呢。没准儿我俩成亲正般配。反正我是不会幸福的，与其拒绝，致使我家与先父的恩人之间的关系陷入尴尬的境地，莫不如……

这么一想，我开始渐渐倾心于对方，而且羞人的是，我甚至感到脸颊发烫，一颗心轻飘飘的。"你真的愿意吗？"母亲一脸担忧地问我，而我没再和她商量，便直接答应了先父的恩人。

婚后，我很幸福。不对。不，还得说是幸福的，不然会遭报应，毕竟我被照顾得很好。他身材瘦小，面相寒酸，为人怯懦，而且似乎因为曾遭上一个女人抛弃，这越发让他显得战战兢兢，全无自信，教人恼火，但他对待工作倒是用心。令人惊讶的是，我瞥见他设计的图案，竟会觉得眼熟。多么奇妙的缘分啊。

当我向他询问并确认此事时，我的心怦怦直跳，好像初次爱上了他。银座那家著名的化妆品店的藤蔓蔷薇图案的商标，正是他设计的，不仅如此，该店销售的香水、香皂、香粉等商品的标签式样，以及报纸广告，几乎皆出自他手。据说早在十年前，他的设计便已成为那家店的专属，不同颜色的藤蔓蔷薇图案的标签、海报、报纸广告等，几乎全是他一人所画，那个藤蔓蔷薇互相缠绕的典雅图案，特色鲜明，如今连外国人都知道，即使不晓得那家店的名字，只要见过一次那个图案就会记住。我好像从上女校那时起，就知道那个藤蔓蔷薇的图案。我莫名地被那图案吸引，甚至在离开女校后，我用的化妆品都是那家店的，可以说是其拥趸。然而，我从没想过那个藤蔓蔷薇图案的设计者是谁。看来我是个相当粗心的人，但也并非仅我如此，世人看到报纸上的漂亮的广告，恐怕都不会去想其设计者是谁吧。图样设计员，当真就像暗中出大力的无名英雄一样，连我也是嫁给他之后，过了一段时间才意识到的。我得知此事时十分开心，表现得有些兴奋：

"我从上女校那时起，就很喜欢这个图案，原来是你画的呀。太开心了，我真幸福。原来早在十年前，我和你就已千里姻缘一线牵，我注定了要嫁过来。"

"别耍我了，不就是普通技工的工作吗？"

他红着脸，好像打心底里难为情，频频眨巴眼，然后无力地苦笑一声，露出悲伤的神色。

他总是贬低自己，我明明没什么想法，他却对学历以及再婚、寒酸相等事情格外在意，耿耿于怀。那像我这样的丑女，又该怎么办呢？夫妻俩都没自信，提心吊胆，彼此的脸上可以说布满了羞愧的皱纹，他偶尔看起来也希望我能尽情地冲他撒娇，但我毕竟已是二十八岁的老婆子了，又生得这么丑，再加上看到他毫无自信的自卑模样，连我也被传染了，便越发感到别扭，怎么也没办法天真可爱地向他撒娇，尽管心里爱慕他，我却反而严肃地给予冷淡的回应，如此一来，他也变得难以取悦，而我明白他的感受，才因而越发张皇失措，彻底变得客气见外了。

他似乎也很清楚我的不自信，经常极其笨拙、没头没脑地突然夸赞我的长相或衣服的花纹，而我明白他的怜悯，所以一点也不高兴，胸口发堵，憋闷得想哭。他是个好人，关于上一个女人，他真的连暗示都不曾有过。托他的福，我始终想不起那女人。这所房子也是我们婚后新租的，此前他一个人住在赤坂的公寓，肯定是不想留下不好的回忆，或许也有体贴地顾及我的感受，他将以前的家什统统变卖处理了，只带着工作用具，搬来筑地的这所房子，然后，我也有少许母亲给的钱，我俩便一点一点地购买家具什物，被褥和衣橱都是我从本乡娘家带来的，一点也看不见那女人的影子，至今我仍不敢相信，他曾和我之外的另一个女人共同生活了六年。

我想，若他果真没了那无谓的自卑，对我再凶一点，叱责我，蹂躏我，则我也能天真烂漫地唱起歌，尽情地冲他撒娇，我们家一定能变得开朗而快乐，可惜我俩都自觉丑陋，心存别扭。

——我姑且不论，他为何会自卑呢。虽说只是小学毕业，但就教养这一点，他和大学毕业的学士毫无二致。唱片都是找格调相当高尚的去收集，并在工作之余，热衷于阅读我连名字都从未听过的外国新小说家的作品，还有那个世界性的藤蔓蔷薇图案。另外，尽管他经常自嘲贫穷，但最近工作很多，钱也来了不少，都是一百、二百元的笔笔巨款，前几天还带我去伊豆泡温泉呢，但即便如此，他至今仍很介意我家的被褥、衣橱及其他家什是我母亲给买的，这使我反而感到羞惭，仿佛自己做错了什么。"明明都是便宜货。"我孤苦得想哭，有时夜里还生出可怕的念头，以为出于同情和怜悯而结婚是个错误，也许我还是一个人生活比较好。甚至曾有找个更强大的丈夫的不贞思想浮上心头，可见我是个坏人。结婚之后才能感受到的青春之美，我却任其在灰暗中逝去了，这份悔恨令我痛不欲生，直欲咬舌自尽，想趁现在做点什么来弥补。有一次和他一起安静地吃着晚饭，我却感到寂寞不堪，手持筷子端着碗，泫然欲泣。或许一切都怪我的贪欲吧。明明生得这么丑，还奢望享受青春，简直荒唐，只会沦为笑柄。光是像现在这样，我已经分外幸福了。

——必须这么想。不知不觉中，我又任性了，所以才有这次的遭遇，长出令人作呕的脓疱。或许是因为他给我涂了药，脓疱没再继续扩散，我暗暗向神祈祷，盼望明天兴许好转，当晚便早早睡下了。

边睡边细细思量，总觉得不可思议。我什么病都不怕，唯独受不了皮肤病。哪怕再辛苦、再贫穷也好，我都不想得皮肤病。即使缺胳膊少腿，也比得皮肤病不知要好上多少。在女校，生理课上教过各种皮肤病的病原菌，我当时全身发痒，恨不得立马把教科书上印有虫子和细菌照片的那一页撕毁。而且，老师的麻木也很讨厌，不，老师讲课时也并非真的无动于衷，一想到老师定是因职责所在，才拼命忍耐，装作理所当然的样子授课，我便越发觉得老师的厚颜无耻很是卑鄙，令我苦闷不堪。

生理课结束后，我和朋友们讨论过，在疼痛、挠痒痒和皮肤发痒三者之中，哪个最痛苦。那个论题一出，我便断然主张，皮肤发痒是最可怕的。难道不是吗？疼痛也好，挠痒痒也好，我觉得自然都存在感知的限度。即使挨打、被砍或者被人挠痒痒，当痛苦达到极限时，人一定会丧失意识。而一旦丧失意识，便是置身梦境幻境，无异于升天，可以彻底摆脱痛苦。就算是死，也无所谓吧。然而皮肤发痒，则如同浪潮涌动，潮起潮落，潮起潮落，没完没了，只会迟缓地蛇行、蠢动，绝不会把痛苦推送至极限的顶点，因而并不能丧失意识，当然也不会因痒而死，永远只能悬在半空中痛苦挣扎。不管怎么说，没有比皮肤发痒更痛苦的了。纵然在旧日的公堂之上遭受拷问，被砍、挨打或被人挠痒痒，我也不会招供。在受刑期间，我肯定会丧失意识，若折磨上两三次，我大概就死了，岂会招供？我将拼死守住志士的行踪决不透露。不过，倘若有人拿来一个竹筒，里面装满跳蚤、虱子或疥癣虫，声称要把这些虫子撒在我背上，我便会汗毛倒竖，浑身颤抖，烈女牌坊垮塌，大喊"我愿交代"，双手合十哀求饶命。光是想想，都恶心得要跳脚。

课间休息时，我对朋友们这么一说，她们也都深有同感。有一次，老师曾带领全班学生去上野的科学博物馆，就在三楼的标本室里，我尖声惨叫，哇哇大哭，后悔不迭。寄生在皮肤上的虫子的标本，被做成螃蟹大小的模型，一排排陈列在架子上，我真想大叫一声"浑蛋！"，拿棍棒将它们敲碎砸烂。随后三天，我觉也睡不好，饭也吃不香，总觉得身上发痒。

我连菊花都讨厌，小花瓣密密麻麻，好像某些东西。看到凹凸不平的树干，我也会不寒而栗，浑身发痒。我不明白那些吃下咸鲑鱼子还能浑若无事的人是怎么想的。牡蛎壳、南瓜皮、碎石路、虫蛀叶、鸡冠子、芝麻、扎染、章鱼腿、茶叶渣、虾、蜂巢、草莓、蚂蚁、莲子、苍蝇、鱼鳞，我都讨厌。注音假名也讨厌，小小的看上去像虱子。茱萸果、桑葚，我都不喜欢。

有一次看到一张放大了的月亮照片，我差点吐出来。即使是刺绣，有的图案也受不了。

我是如此讨厌皮肤病，所以自然格外小心，至今几乎从未生过脓疱。婚后每天都去洗澡，用米糠使劲搓身，想来定是搓过头了。长出这么多脓疱，令我又悔又恨。我到底做错了什么？就算是神的旨意，也太过分了，故意赐给我最最讨厌的东西，又不是没有别的病，却偏要让我掉入我最害怕的洞穴，简直就像一枪命中了极小的金靶，实在匪夷所思。

第二天早上，天刚微亮我就起床了，悄悄地来到梳妆台前一照镜子，不禁"啊"地呻吟起来。我是个妖怪。这副模样不是我。整个身体犹如一个碎烂的西红柿，脖子、胸口、肚皮上，尽是丑怪至极的豆粒大的脓疱，简直像浑身上下生满了角，又仿佛长出了蘑菇，密密麻麻不留间隙，像要咧嘴大笑。将将就要扩散到双腿了。

鬼。恶魔。我不是人。让我就这么死掉吧。不能哭。既然身体已变得如此丑怪，若再哭哭啼啼，非但一点也不可爱，而且更是滑稽，仿佛眼瞅着就要熟透的柿子却被一下砸烂，成了可怜、无奈的惨象。不能哭。藏起来吧。他还不知道。不想给他看。本就丑陋的我，又变成了如此腐烂的肌肤，我已经一无是处。是废物，是垃圾。事已至此，他也没什么话来安慰我了吧。我讨厌被人安慰。这样的身体若还宠爱，我会鄙视他。讨厌。我想就此分手。别宠爱我，别看我，也别在我身边。啊，我想要一个更宽敞的房子，想在远离他的房间里度过余生。要是不结婚就好了。要是没活到二十八岁就好了。十九岁那年冬天，我患肺炎时，要是没治好死掉就好了。倘若当时死了，现在就不必陷入如此丑陋、难堪的痛苦境地。

我紧闭双眼，一动不动地坐着，唯独呼吸粗重，渐渐地，我感觉到连我的心也变成了鬼，世界阒然无声，我的确不再是昨日之前的我了。我像野兽蠕动一样缓缓起身，穿上衣服。我深感衣服的难能可贵，无论多么可怕的胴体，都能像这样完全隐藏起来。我打起精神，来到晒衣场，狠狠地盯着太阳，不禁深深地叹了口气。耳畔传来广播体操的号令声。我一个人孤独地开始做体操，小声念着一、二，试着装作劲头十足，却突然觉得自己可怜得难以形容，体操根本做不下去，险些哭出来，而且，或许是方才身体剧烈活动的缘故，脖子和腋下的淋巴腺隐隐作痛，轻轻一摸，都又硬又肿，那一瞬间，我终于站也站不住，崩溃般地一屁股跌坐在地。我因为生得丑，至今一直谦卑恭谨，选择在不见天日的地方隐忍苟活，为何要欺负我呢？一股只想烧毁一切的熊熊怒火席卷而来。

就在这时，"哎呀，原来你在这儿呢。别灰心。"身后响起他那温柔的低语声，"怎么样，好点了吗？"

我本打算回答好点了，结果却默默地拿开了他轻搭在我肩上的右手，起身说出了这种话："我要回娘家。"我已经变得自己都不认识自己了，做什么，说什么，都不负责任，自己也好宇宙也好，统统变得不再可信了。

"给我看一下。"他的声音似乎很困惑，低沉不清晰，仿佛是从远处传来。

"不。"我躲开身子，"在这里可不能东转西转。"

我双手仍旧放在腋下，毫无顾忌地大哭起来，忍不住大声呻吟，尽管我清楚丑恶的限度，知道一个不像样子的二十八岁丑女撒娇哭泣有多么可怜，但眼泪还是流个不停，连口水也淌了出来，我真是一无是处。

"好了，别哭了！我带你去看医生。"他的声音，从未如此强硬而果决。

那天，他请了假，查阅了报纸上的广告，决定带我去见一位我也只听说过一两次的著名的皮肤科医生。我一边换上出门穿的衣服，一边说："身体一定要给大家看吗？"

"是呀。"他很优雅地微笑着答道，"别把医生当男人看。"

我面红耳赤，觉得有点开心。

走出家门，阳光耀眼，我觉得自己像一条丑陋的毛虫。在这个病治好之前，我希望世界一直停留在漆黑的深夜。

"我不想搭电车。"

婚后我头一次说出如此奢侈的任性话。脓疱已蔓延至手背，我以前在电车里见过一个女人的手也这么恐怖，从那以后，就连抓住电车的吊环，我都觉得不干净，生怕被传染。而如今，我的手变得和那女人的手一样了，"霉运缠身"这句俗语，从不曾像此刻这般刻骨铭心。

"我晓得。"他神色开朗地答道，让我坐上了计程车。

从筑地到日本桥高岛屋后面的医院，虽然只有很短的一段路程，但这一路上，我都觉得自己是坐在灵车里。只有眼睛还活着，茫然地眺望着初夏的街头景象，行路的男男女女，没有谁像我这样长出脓疱的，真是不可思议。

到了医院，我和他一起走进候诊室，这里的景象又与外面的世界截然不同，令我突然想起了很久以前在筑地小剧场看过的《深渊》①这场戏的舞台场景。外面是深绿色的，那么明亮，简直晃眼，而这里却不知为何，纵有阳光也是昏暗的，弥漫着阴冷的湿气，酸味扑鼻，连盲人都会低头逃窜。令我惊讶的是，尽管没有盲人，这里却有如此之多的老翁老妪，似乎都有些残疾。我在靠近门口的长椅边上坐下，垂头闭眼，仿佛死了一般。忽然我意识到，在如此多的患者当中，我可能是皮肤病最严重的，顿时吓了一跳，睁眼抬头，偷偷打量一个个患者，果然，像我这样满身脓疱的人，一个也没有。通过医院门口的布

---

① 苏联作家马克西姆·高尔基（Maxim Gorky，1868—1936）于1902年创作的戏剧。

告板我才知道，这位医生专攻皮肤病和另一种令人羞于启齿的名字讨厌的疾病，那么，坐在那边的电影演员般俊美的年轻男子，看起来身上哪里都没长脓疱什么的，所以他患上的可能不是皮肤病，而是那另一种疾病。这么一想，我便开始觉得，所有人——垂着头坐在这间候诊室里的所有亡者，患的似乎都是那另一种病。

"你出去散散步吧。这里太闷了。"

"看来还要等很久呀。"他一直站在我身旁，好像闲得很无聊。

"嗯，好像要到中午才轮到我。这地方太脏，你不该待在这里。"我的语气很严厉，连我自己都感到诧异。

他似乎老老实实地接受了我的说辞，缓缓点了点头，"你不一起出去吗？"

"不用，我没关系。"我微笑着说，"我待在这里最轻松。"

然后我把他推出候诊室，稍稍平复心情，又坐回长椅上，酸涩般地合上了眼。在旁人看来，我一定是个矫揉造作、沉浸在愚蠢冥想中的老太婆吧，然而在我，这样做是最轻松的。装死。——想起这个字眼，觉得很可笑。但渐渐地，我开始担心了。谁都有秘密。——仿佛有人在我耳畔低声私语着如此讨厌的话，使我心神不宁。说不定，这些脓疱也是……

一念及此，我顿觉毛骨悚然，难道他的温柔、无自信，也来自于此？直到那时——尽管很可笑，但真的直到那时，我才第一次切实地意识到，我不是他的第一个女人，便立刻坐立不安了。被骗了！结婚欺诈。

忽然想到如此可怕的字眼，我真想追上去揍他一顿。我是个笨蛋。虽然从一开始就知道这件事，仍然选择嫁给了他，可是现在，一想到他不是第一次，突然间我就感到悔恨交加，无可挽回，他的上一个女人的形象也遽然变得鲜明起来，涌上心头，真的是头一次，我开始对那女人感到恐惧、憎恨，而此前我竟从未想到过她，自己这无忧无虑的性子，教我遗憾得几乎泪流满面。好痛苦，这便是那所谓嫉妒吗？若如此，嫉妒这东西是怎样一种不可救药的狂乱啊，且是只属于肉体的狂乱。它是何等的毫无美感、丑怪至极呀。看来世间尚有许多我不知道的讨厌的地狱呢。

我不愿再活下去了。我觉得自己可怜极了，慌忙解开膝上的包袱皮，拿出小说书来，胡乱翻到一页，不管不顾地从那里读起。《包法利夫人》。艾玛的痛苦的一生，总能让我得到安慰。我不能不觉得，艾玛的这种沉沦之路，是一条最符合女性的自然之路。正如水往低处流一样，能感到一种令人身体倦懒般的素朴。

女人就是这样的生物，有着不能说的秘密。那是女人的"天赋"。女人定然各有各的泥沼，这是可以断言的。因为，对于一个女人而言，每一天就是她的全部。与男人不同，女人不会考虑死后如何，也没有思索，她只希望能完成每一刻的美丽。她溺爱生活，以及生活的感触。女人之所以喜爱茶碗和花纹漂亮的衣服，正因为那才是真正的生存意义。每时每刻的行动，才是活着的目的。除此之外，还能需要什么。高高在上的现实主义，将女人的这种散漫放浪与超然物外牢牢压制，若能毫不留情地将之揭露，我们自己也定会觉得身体不知有多轻松。

然而，对于女人内心的这个深不可测的"恶魔"，谁都不去碰，假装没看见，所以才会造成种种悲剧。或许，唯有高深的现实主义，才能真正地拯救我们。不客气地说，女人的心，在婚后第二天就能坦然去想别的男人。人心绝不容轻忽。"男女七岁不同席"这一古训，突然以一种可怕的现实感，吓了我一跳，令我惊得目瞪口呆：原来日本的伦理，居然几乎尽是肉搏般的写实。一切都是众所周知的。从很久以前，泥沼就已被明确地挖了出来。

想到这里，心中反而有了些许的清爽和释然，生出悯笑自身的心情来：即使身体长出如此丑陋的脓疱，依然是个风情万种的老太婆。心境从容，便继续读书。

现下，鲁道夫正悄悄地将身体越发挨近艾玛，低声倾诉甜言蜜语，但我一面读，一面却想到全不相干的怪事，不禁莞尔一笑，奇思幻想涌上心头：倘若艾玛此刻长了一身脓疱，将会如何？不，这个想法很重要。我变得认真起来。艾玛定是拒绝了鲁道夫的诱惑，她的一生因而变得完全不同。没错。说到底，肯定是拒绝了的。因为，以这样的身体，她别无选择，只能拒绝。

　　如此一来，这就并非喜剧，女人的一生将由当时的发型、衣服的花纹、睡姿以及身体的细微状况来决定，所以才会存在因为太困而把背上吵闹的孩子掐死的保姆，尤其是这种脓疱，不知会怎样逆转女人的命运，歪曲浪漫。倘若终于到了婚礼前夜，却出其不意地突然冒出这样的脓疱，教人尚且来不及惊诧，便扩散至胸口和四肢，该怎么办？我觉得这种事是有可能发生的。在我看来，唯独脓疱，真的不是平日小心就能预防的，只能凭天意。我能感到上天的恶意。

　　当她忐忑不安地在横滨的码头等待迎接阔别五年终于返日的丈夫时，眼瞅着脸上的重要部位冒出紫色的肿物，在摆弄的过程中，那位喜悦的年轻夫人已然化作惨不忍睹的阿岩①。这种悲剧也是有可能发生的。男人好像并不在乎脓疱什么的，但女人却是只靠肌肤活着的。对此否认的女人是在说谎。尽管我不太了解福楼拜，但他似乎是个很细致的写实主义者，当查理想亲吻艾玛的肩膀时，艾玛说着"不要！衣服会皱……"而拒

_____

① 日本历来最著名的鬼怪故事《四谷怪谈》中因遭丈夫背叛毁容而死后化作幽灵复仇的女性。

绝了。他既然能够着眼于如此细致之处，却为何没写女人患皮肤病的痛苦呢？是因为男人根本无法理解这种痛苦吗？还是说，像福楼拜那样的人虽然早有洞见，却因其污秽肮脏，毫不浪漫，所以佯作不知，敬而远之？可是，敬而远之什么的，实在太狡猾，太狡猾了。倘若我在结婚前夜，或是在阔别五年后与无比思念的人重逢之际，竟意外地长出丑怪的脓疮，我会死的。我会离家出走，从此堕落。我会自杀。女人是靠着至少每一瞬间皆美的这种喜悦而活的，不管明天怎样——

门被轻轻打开，他露出松鼠般的小脸，用眼神询问"还没轮到吗"？于是我轻佻地频频招手，"我说，"我意识到自己的声音粗俗而尖锐，有些得意忘形，便缩起肩膀，这回尽量压低声音，"我说，你不觉得一个女人在坚信明天怎样都无所谓的时候最有女人味吗？"

"你说什么？"他茫然不知所措，于是我笑了。

"我不知该怎么说，所以你听不懂。算了。我在这种地方坐了一会儿，似乎人又变了。置身于这样的深渊，好像不行呀。我太软弱，很容易被周围的气氛影响而习以为常。我变得粗俗了，我的心越来越愚昧可笑，不断堕落，简直成了……"

说到这里，我紧紧地闭上了嘴。娼妇——这就是我想说的。这是女人永远也不能说出口的字眼。而且，女人一生中必定会有一次为之困扰。当彻底失去自己的骄傲时，女人必定会想到这个字眼。我朦朦胧胧地明白了实情：长出这样的脓疱，我连心都变成了鬼。我此前一直说丑女、丑女，装作对一切都无自信的样子，但是，现在我才知道，我唯独对自己的皮肤暗自爱惜，那是我唯一的骄傲。我意识到，自己一直引以为傲的谦逊也好，恭谨也好，忍从也好，居然统统是靠不住的赝品，实则我也是个仅凭知觉、感触的一喜一忧，像个盲人般活着的可怜的女人。无论知觉、感触如何敏锐，那都是动物的本能，与睿智毫无关系。我清楚地知道了，自己完全只是个愚钝的白痴。

我错了。我一直把自己的知觉的敏感当作高尚，误以为那是聪明，暗暗宽慰自己，不是吗？我终究是个愚蠢的笨女人。

"我想了很多。我是个笨蛋，先前真的疯了。"

"别勉强自己，我明白。"他像当真明白似的，露出机智的笑容答道，"喂，轮到我们了。"

被护士请入诊室，我解开腰带，把心一横脱光上衣，瞄了眼自己的乳房，我看到了石榴。比起坐在眼前的医生，被站在身后的护士看到，更令我备感痛苦。医生果然没有人的感觉，连他的脸的印象，我都记不清楚。医生也不拿我当人看，把我扳过来扭过去，"是中毒了。你吃过什么不好的东西吧？"医生声音平静地说道。

"能治好吗？"他替我问道。

"能。"

我茫然地听着，仿佛置身于另一个房间。

"我不忍心看她一个人哭。"

"很快就会好起来的。打针吧。"医生站了起来。

"是简单的病吗？"他问。

"是的。"

打完针，我们离开了医院。

"手上已经好了。"我无数次举起双手对着阳光，看了又看。

"开心吗？"

听他这么说，我真难为情。

图书在版编目（CIP）数据

黄金风景 /（日）太宰治著；程亮，朱航译.—北京：现代出版社，2021.6
ISBN 978-7-5143-8936-4

Ⅰ.①黄⋯ Ⅱ.①太⋯ ②程⋯ ③朱⋯ Ⅲ.①短篇小说—小说集—日本—现
代 Ⅳ.①I313.45

中国版本图书馆CIP数据核字（2021）第063874号

黄金风景

作　　者：[日] 太宰治
译　　者：程　亮　朱　航
责任编辑：申　晶
出版发行：现代出版社
通信地址：北京市安定门外安华里504号
邮政编码：100011
电　　话：010-64267325　64245264（传真）
网　　址：www.1980xd.com
电子邮箱：xiandai@cnpitc.com.cn
印　　刷：三河市中晟雅豪印务有限公司

开　　本：880mm×1230mm　1/32　　印　　张：7
版　　次：2021年6月第1版　　　　　印　　次：2021年6月第1次印刷
字　　数：118千字
书　　号：ISBN 978-7-5143-8936-4
定　　价：49.80元

夜晚过后，便是明朝。

——太宰治

时间宝贵，我们只读好书。

诚邀关注"只读文化工作室"微信公众号

黄金风景

[日]太宰治 | 著　　只读文化工作室 | 出品

太宰治・黄金风景

だざい おさむ　おうごんふうけい

和风译丛·太宰治系列推荐

书名：《人间失格》

作者：【日】太宰治

译者：何青鹏

出版时间：2019 年 3 月

装帧形式：精装

ISBN：978-7-5143-7606-7

本书收录太宰治最具代表性的小说《人间失格》《斜阳》以及文学随笔《如是我闻》。

《人间失格》是太宰治最后一部完结之作，日本"私小说"的金字塔。以告白的形式，挖掘人性深处的懦弱，探讨为人的资格，直指灵魂，令人无法逃避。

《斜阳》写的是日本战后没落贵族的痛苦与救赎，"斜阳族"成为没落之人的代名词，太宰治的纪念馆也被命名为"斜阳馆"。

《如是我闻》是太宰治针对文坛上其他作家对其批判做出的回应，其中既有对当时文坛上一些"老大家"的批判，也有为其自身的辩白，更申明了自己对于写作的看法和姿态，亦可看作太宰治的"独立宣言"，发表时震惊文坛。

和风译丛·太宰治系列推荐

书名：《惜别》
作者：【日】太宰治
译者：何青鹏
出版时间：2019 年 3 月
装帧形式：精装
ISBN：978-7-5143-7605-0

《惜别》是太宰治以在仙台医专求学时的鲁迅为原型创作的小说。创作这部作品之前，太宰治亲自前往仙台医专考察，花了很长时间搜集材料，考量小说的架构，用太宰治的话说，他"只想以一种洁净、独立、友善的态度，来正确地描摹那位年轻的周树人先生"；因而，在书中，读者可以看到鲁迅成为鲁迅之前的生活、学习经历及思想变化，书中的周树人，亦因太宰治将自己的情感代入其中，而成为"太宰治式的鲁迅"形象。

本书同时收录《〈惜别〉之意图》《眉山》《雪夜故事》《樱桃》《香鱼千金》等 5 部中短篇小说。

只读

时间宝贵，我们只读好书。

和风译丛·太宰治系列推荐

书名：《关于爱与美》
作者：【日】太宰治
译者：何青鹏
出版时间：2018 年 10 月
装帧形式：精装
ISBN：978-7-5143-7277-9

本书收录了《秋风记》《新树的话语》《花烛》《关于爱与美》《火鸟》等六部当时未曾发表的小说。这部小说集是太宰治与石原美知子结婚后出版的首部作品集，作品集中表现了太宰治对人间至爱至美的渴望，以及对生命的极度热爱。像火鸟涅槃前的深情回眸，是太宰治于绝望深渊之中的奋力一跃。

只读

时间宝贵，我们只读好书。

和风译丛·太宰治系列推荐

书名：《虚构的彷徨》
作者：【日】太宰治
译者：程亮
出版时间：2020 年 3 月
装帧形式：精装
ISBN：978-7-5143-8295-2

本书以日本筑摩书房 1985 年出版的《太宰治全集》为底本，收入《小丑之花》《狂言之神》《虚构之春》三部长篇小说，构成《虚构的彷徨》。并附《晚年》中的三部短篇《回忆》《叶》《玩具》。

《小丑之花》发表于 1935 年 5 月的《日本浪漫派》。翌年，《狂言之神》经佐藤春夫先生的推荐，发表于美术杂志《东阳》的十月号，《虚构之春》经河上彻太郎先生的推荐，发表于《文学界》的七月号。此三篇，依花、神、春的顺序，构成了长篇三部曲《虚构的彷徨》。

只读

和风译丛·太宰治系列推荐

书名：《他非昔日他》
作者：【日】太宰治
译者：程亮
出版时间：2020 年 3 月
装帧形式：精装
ISBN：978-7-5143-8303-4

本书以日本筑摩书房 1985 年出版的《太宰治全集》为底本，主要选取太宰治生前出版的作品集《晚年》中的经典作品结集而成，收入《鱼服记》《列车》《地球图》《猿之岛》《麻雀游戏》《猿面冠者》《逆行》《他非昔日他》《传奇》《阴火》《盲草纸》等 11 部中短篇小说。

只读

时间宝贵，我们只读好书。

和风译丛·太宰治系列推荐

书名：《富岳百景》
作者：【日】太宰治
译者：程亮
出版时间：2020 年 10 月
装帧形式：精装
ISBN：978-7-5143-8760-5

本书以日本筑摩书房 1985 年出版的《太宰治全集》为底本，收入太宰治的《富岳百景》《女生徒》《二十世纪旗手》《姥舍》《灯笼》等 9 部中短篇小说及随笔。

《富岳百景》写法别致，为多数日本高中语文教科书所选用。它以富士山为中心，多种角度地描写了富士风景，每种风景都寄托了太宰治的情感。

《二十世纪旗手》的副标题"生而为人，我很抱歉"已成为广为流传的一句名言。

只读

和风译丛·太宰治系列推荐

书名：《东京八景》
作者：【日】太宰治
译者：朱航
出版时间：2020 年 10 月
装帧形式：精装
ISBN：978-7-5143-8808-4

本书以日本筑摩书房 1985 年出版的《太宰治全集》为底本，收入太宰治的《盲人独笑》《蟋蟀》《清贫谭》《东京八景》《风之信》等 9 部中短篇小说及随笔。

《东京八景》是太宰治的青春诀别辞。《盲人独笑》则通过一个盲乐师的日记，写出了他面对苦难人生的乐观。《蟋蟀》则通过一个艺术家妻子的口吻，申告了太宰治自己对艺术、成功与富有的独特看法。

读

时间宝贵，我们只读好书。

和风译丛·太宰治系列推荐

书名：《黄金风景》
作者：【日】太宰治
译者：程亮 朱航
出版时间：2021 年 6 月
装帧形式：精装
ISBN：978-7-5143-8936-4

本书以日本筑摩书房 1985 年出版的《太宰治全集》为底本，收入太宰治的《黄金风景》《雌性谈》《八十八夜》《美少女》《叶樱与魔笛》等 13 篇小说及随笔。

《黄金风景》通过女佣阿庆对纨绔少爷始终如一的体谅与宽慰，写出了太宰治对女性之美的崇敬。《懒惰的歌留多》通过对懒惰之恶的深切反思，写出了振聋发聩的"不工作者，就没权利，自然会丧失为人的资格"。

只读

时间宝贵，我们只读好书。

—和风译丛—

001 太宰治《人间失格》（平装）

002 太宰治《惜别》（平装）

003 织田作之助《夫妇善哉》（平装）

004 宫泽贤治《银河铁道之夜》（平装）

005 坂口安吾《都会中的孤岛》（平装）

006 上村松园《青眉抄》

007 太宰治《关于爱与美》

008 谷崎润一郎《黑白》

009 梶井基次郎《柠檬》

010 幸田露伴《五重塔》

011 宫泽贤治《银河铁道之夜》（精装）

012 太宰治《人间失格》（精装）

013 太宰治《惜别》（精装）

014 芥川龙之介《罗生门》

015 泉镜花《汤岛之恋》

016 夏目漱石《我是猫》

017 樋口一叶《十三夜》

018 尾崎红叶《金色夜叉》

019 坂口安吾《都会中的孤岛》（精装）

020 樋口一叶《青梅竹马》

只读

时间宝贵，我们只读好书。

—即将推出—